元英雄は大都会最強の便利屋さん

元聖女のバニーガールとともにあらゆるトラブル解決いたします

1

支倉文度

Illust.
三ツ川ミツ

CONTENTS

第一章

第一話 酒と涙と聖女とバニーガール 003
第二話 屋上と突然のトラブル 011
第三話 これからの俺たちに乾杯 017
第四話 初日こそクールに 023
第五話 奇妙な来客たちとのあとは応接室で 029
第六話 今日はやけに女にからまれる日だな 036
第七話 派手な仕事が舞い込んできた気がする 044
第八話 事件は終息した 051
第九話 ティアリカと一緒にVIP席 059
第十話 おえらいちゃんのお偉いさん 067
第十一話 ダンサー・イン・ザ・レイン 073
第十二話 張り込みしながら殺人鬼を待つ 079
第十三話 雨に踊れば 087

第二章

第十四話 こないだ捕まえたアイツが死んだ 095
第十五話 ユリアスに相談だ 102
第十六話 探偵ウォン・ルーとの拳法対決 109
第十七話 ユリアスの特製ディナーをいただきに 116
第十八話 悪名高きホプキンスの行方 124
第十九話 研究地区での調査で襲われた 132
第二十話 ようこそウォン・ルー探偵事務所へ 140
第二十一話 VS.ジョン・エドガー・ホプキンス 147
第二十二話 かつての仲間、ふたたび 156
第二十三話 エジリの蛮行 164
第二十四話 もう一度三人で話を 171
第二十五話 バーの片隅で 178
第二十六話 暗黒銃士ヘシアン 184
第二十七話 立ち向かうべき理由 192
第二十八話 エジリの遺言 200
第二十九話 拳と拳 206
第三十話 暗黒霧と狙撃手 213
第三十一話 El《エル》の名を冠して 219

第三章

第三十二話 蒼炎の女 227
第三十三話 デートとオルタリア 232
第三十四話 ジャガンナート教団のカチコミ 240
第三十五話 ゲオルたちの代わりに 246
第三十六話 不死と鮮血の聖女 251
第三十七話 獣法《アギト》 256
第三十八話 おつかれさまのディナーで 264

第一章

CHAPTER 1

第一話　酒と涙と聖女とバニーガール

「ウソだろ……オレたちはこの街最強のチーマーだってのに！」

「ほ〜ん、最強ねぇ。今じゃ、こんな弱いのでも最強を名乗れるんだ。世も末だな」

「く！」

「このやろうッ！」

「まだやるってのか？　じゃあハンデやるよ。右腕だけで戦ってやる。ただしさっきよりかは痛い目見せてやるぜ？」

「ひ、ひぃい！」

「に、逃げろ！」

「おう、今度から喧嘩の相手は選べよ〜」

「あの、ありがとうございます……なんとお礼を言ったらいいか」

「お礼、かぁ……。あ、じゃあ俺の話するとき、こう言っといてくんない？」

「なんです？」

「……『何《なん》でも屋っぽいの』の〝ゲオル・リヒター〟が助けてくれたってな」

六月の暑さが日に日に増していく季節。

飄々《ひょうひょう》とした若さの中に歴戦の渋さをかねそなえた男がニヒルな笑みを浮かべながら、からまれていたところを助けた男性にきっちり宣伝を行う。

「何でも屋っぽいの、ですか？」

「おう。俺、今日からこの街で世話になることにしたからよ。酒飲み友達にでも俺のこと宣伝してくれや」

「へぇ～、この街で。やっぱり強い人はやることが違うなぁ。元軍人さんかなにかですか？」

「ん、まぁそんなとこだ。じゃあな～」

ここは大陸一の大都会。

巨大魔導城塞都市『ヘヴンズ・ドア』。

ネオンの光とともに人々の欲望も一層輝く一方、闇と影の中で神秘と怪異が入り混じる伏魔殿。

「人混みはすごいわキラキラ眩しいわで見ているだけで別の意味で熱くなるな」

時刻はすでに夜。

涼しい顔で街を歩くと、巨大な酒場を見つけた。

カジノなども取り扱っているようで、中は人が多い。興味が湧いたので入ってみる。

「ほ～、賑わってんなぁ。……おぉ！」

最初に目についたのは幾人ものバニーガール。

忙《せわ》しなく酒をテーブルへと運んだり、VIP席で客の相手をしている。

カジノエリアでも彼女らが働いているのが見えた。

「あーあ、あのおっちゃんポーカー負けてやんの」

ゲオルはソファー席に案内され、しばらく座っているとひとりのバニーガールがやってきた。

「ようこそ。『キャバレー・ミランダ』へ！ ご注文はお決まりですか？」

「あ〜、とりあえずこれをロックで」

「ほかにご注文など……は？ ……え？ その声……」

「……その声ってなに、……あ、え？ お前……」

振り向くとワナワナと震えるバニーガールがいた。

腰下あたりまで伸びるブロンドヘアに煌《きら》めかしい碧眼を持つ美女。

「……へ？ ティアリカ？ え、聖女……お前、なんで……」

聖女ティアリカ。

魔王討伐のために人類に貢献したひとり。

あの特徴的な白い聖装束ではなく、黒を基調としたバニーガール衣装をまとい接客をしているのだから驚きだ。

女神的女体たる艶美な曲線。あのピッチリとした聖装束でもそれは見てとれたが、今の衣装のインパクトはそれを遥かに凌駕する。

「ゲオル・リヒター……な、なぜ、アナタ……ここに」

「なぜって、俺、今日からこの街に住むからさ……」

「住む⁉」

「ってか、お前こそどうしたんだ？　……ん？　おーい」

「……い」

「い？」

「イヤァァァァァアアアアアッッ‼」

「あ、ちょっと待て‼」

ティアリカはパタパタと逃げ出してしまった。

それを追いかけようとすると。

「ヘイ、メェン」

黒服とサングラスの似合う厳つい大男《ブラザー》たちに囲まれてしまった。

「ガールたちへのおさわり、迷惑行為、禁止ネ」

「ユー、なにやったカ？」

「事務所でお話キキマッセ、シャッチョーサン」

ティアリカの悲鳴で客や従業員の視線が集中している。

穏便に済ませよう。

「……昔の馴染《なじ》みだったんだ。だがもしかしたらそっくりさんかもしれない。それを確認するためにもう一度会わせてくれないか？　もちろんブラザーの監視のもとでだ」

「ダメに決まってんダロ」

「身の程わきまえヤガレ」

「ここで叩きのめされタインカ？　ブッチョーサン」

引き上げるしかないと思った直後だった。

ウェイターがやってきてブラザーたちにこう告げる。

「すみません。ティアリカさんが屋上まで丁重にお連れしろ、とのことです」

「……聞きやがりマシタカ？」

「屋上まで案内シテヤル。ミーたちのケツをジロジロ見んじゃネェゾ」

「屋上でふたりきり。なにも起きないハズはナク……」

「黙って案内してくれ」

◇◇◇

屋上へやってきたゲオルはその壮観さに思わず息をのんだ。

地上の光と喧騒が夜空の闇に吸い込まれていくような、あの境目が堪らなくいい。

「ここ、お前のお気に入りの場所か？　ティアリカ」

「……」

柵に寄りかかるようにして待っていた、かつての聖女。

彼女はゆっくり振り向くと涙目で唇を噛んでいた。

「な、なんだよ。そんなに俺にバレたくなかったのか？」

「アナタだけでなく、ほかの人にもできればそうしたかった。でも薄々わかっていました。そうできないのは。それが今日だったなんて。それでビックリしちゃって、その……」

「いや……。隣いいか？」

「えぇ、どうぞ」

「あんがとよ。ふ～、気分を落ち着かせるにはもってこいの場所だな。……昔からお前はこういう高いところで夜風に当たるの好きだったよな、確か」

「……聞かないんですか？　なんで私がここで働いているのかって」

「どっちかっていうとな、俺はお前のバニーガール姿を褒めたい。エクセレント。前から思ってたんだよ。もっとセクシー路線な服着りゃいいのにって」

「そうやってからかって……」

「ん!?　お前、怒らないの？　前なら『不埒《ふらち》です！』とか『なんて破廉恥《はれんち》な！』とか言ってめっちゃ怒るのに」

「色々あれば変わりますよ。私だって……」

「いや変わりすぎだよ。包丁二刀流で振り回してきたときあったよな。忘れてねぇぞ俺」

「いつの話ですか？　忘れました」

「はぐらかし方も様《さま》になっちゃって……」

ほんのしばらく、昔話に華を咲かせる。

このときのティアリカは懐かしそうにしながらも、どこか悲しげな笑みをこぼしていた。

「それでアナタったら私を助けるために魔炎《まえん》の中に突っ込んでいって。死んでしまうんじゃないかって心配したんですから」

「んで、ボロボロになった俺を見てギャン泣きしながらお前は回復魔術かけてたな」

「ギャン泣きって……私そんなに泣いてません！」

「い～や、めっちゃ泣いてた。俺はこういうのは覚えてるんだ間違いない」

「い～え！　アナタの記憶違いです！　確かに泣きましたけれども、当時の私がそんなはしたなくするはずがありません！」

「ま、そういうことにしてやるよ」

「ちょっと!?」

「おぉっと！　またビンタされんのはゴメンだ！」

「もう、……フフフ」

「ティアリカ……？」

彼女はふと笑みをこぼし、そして泣いた。

彼の胸にすがるように、ティアリカは静かに泣いて、ゲオルは黙って彼女を受け入れる。

魔王が倒されて早三年あまり。

聖女と勇者を中心としたパーティーでゲオルは皆と最後まで戦い抜いた。

そのときからティアリカの涙は『絶対』に見たくなかったのが……。

第二話　屋上と突然のトラブル

ティアリカが落ち着いたところで、彼女から改めて話を聞くことができた。

「あの教団が国と結託して、手柄を総横取りとはなぁ」

「信じられますか？　私たちのあの旅を、あの苦悩を、あの思い出を全部塗り替えて、なかったことにするだなんて。私の名誉などどうでもいい。でも、あの所業は許せない」

「表向きは神託によって選ばれた勇者と教団騎士率いる聖女様。でも実際は聖女様と俺みたいな平民たち……。どっちのほうが語り伝えるにふさわしいかってことで、前者を選んだわけか」

「えぇ、勇者……あの方も平民でした。でも、それを気に入らなかった教団は……」

「で、お前はそれを不正だと断じて、抗議したわけだ。そして、聖女の座を降ろされた」

「……はい」

「世界はその聖女とどこぞの知らん奴が演じる勇者と教団騎士たちによって救われたってわけだ」

「えぇ……もう、そのときには彼らの力の影響が広く及んでいて……私にはもう……」

その後、彼女は各地を放浪しながら生き抜いてきた。

日銭を稼ぐためにも色々やった。

それこそ、聖女時代の自分なら忌み嫌っていたことでさえ、死にもの狂いで請け負ったのだ。

中身のわからないものを運搬したり、傭兵団に交じって寝入っている敵部隊へ奇襲をかけ、火をつけるなど。

魔王討伐の旅のときはもちろん、聖女として振る舞っていたときでさえ、書類や人伝《ひとづて》に聞く程度でしか知らなかった蛮行や残虐な行為。

こうした仕事から逃げるように離れ、現実と悪夢にうなされながらも辿り着いたのがこの城塞都市『ヘヴンズ・ドア』だ。

仕事を探し回って、このキャバレーに落ち着いたらしい。

「今後どうなるかわかりませんでした。でもここは賑やかで、人も多いから、なんとか笑顔を取り戻せました。そんなときにアナタが来た……」

「そうか……」

「そんな顔しないでください……今私、すごくホッとしてるんです。この街の灯りなんかよりもずっと明るい希望を見ることができたんですから」

「俺たちは失ってばかりじゃないってことだ。たとえ過去を編纂《へんさん》されても、俺たちの思い出まで壊されることはない。生き抜こう。お互いに」

「もちろん！　さぁ、戻りましょう。一杯目は私の奢《おご》りです」

「そりゃ楽しみだ」

さっきよりずっと明るい顔になったティアリカを見て、ゲオルは安心した。

むしろ今までにないくらい笑顔が眩《まぶ》しい。

「さぁて、美味《うま》いやつ頼むぜ」

「はぁい。じゃあ少々お待ちくださ——……」

ドゴンッッッ!!

突然の轟音からくる、ただならぬ雰囲気。

それにふたりは瞬時に反応した。

「今の音は……」

「キャバレーの外、……おおよそ三十メートル圏内ですね」

「やれやれ。初仕事が、来て早々とはな」

「初仕事?」

「……『何でも屋っぽいの』の、ゲオル・リヒター見参《けんざん》ってやつさ!!」

「あ、待って!!」

◇◇◇

ふたりの疾駆で現場に着くまで、そうかからなかった。

「ヒュウ、こりゃどういう案件だ?」

「植物系モンスター!? バカな、魔王とともに全滅させたはずなのにどうして……」

「根絶させたわけじゃない。それに……見つけたら悪用する奴だっているだろ。どこからコイツを持ち出したかは知らんが」

ドラゴンを彷彿とさせるその魔物の咆哮を見上げながらゲオルは笑みをこぼし、空間に浮かび上がる亀裂に手を入れた。

取り出したるは巨大な鉄の塊。

複雑に組み合わさったそれの持ち手を掴んだ。

〝仕掛け魔装〟――世界に数えるほどしかない、上位級の魔術に匹敵するほどの超越的なエネルギーをひとつの形状に閉じ込めた希少なる兵器。

彼が用いるのは、仕掛け大鎌。

ゲオルは起動させる。

形状は一気に折り畳んだ状態から金属音を立てて大鎌の姿に。

闇色のそれは蒸気機関のように唸りを上げて、ゲオルに仇《あだ》なすものを威嚇する。

「お前仕事中じゃないの?」

「緊急事態ですよゲオル」

「……噂《うわさ》になるかもな」

「なにか言いまして?」

「後悔すんなよって言ったんだよ」

「するはずがありません。大勢の方を守れるのですから」

「よし、じゃあ行こうか。昔みたいによぉ!!」

触手が伸びると同時に大鎌が風を斬る。

闇色の閃光が、迫る脅威を斬り裂き、瞬《また》く間に退けていった。

風車のような回転からの鋭い斬撃に円舞のような優雅さ。

才能だけではない、長年かけて洗練された動きだ。

その動きを見たティアリカは瞳を輝かせた。

かつての冒険の思い出が、全細胞をビリビリと震わせる。

「あぁ……ゲオル……いいえ、皆……。私、覚えています……あのときもこうして、皆で戦ったことを。皆で、乗り越えたことを」

胸の内で、この運命に祈る。

高鳴る鼓動とともに脳裏によみがえる思い出。

それが彼女をさらに勇気づけた。

「そぉおおら!!」

ザクザクと触手を斬り裂くゲオル。

だが、気を取られたためにもう一本のそれが逃げ遅れた住民に迫る。

「やっべ!」

「キャアアア!!」

まだ子供だった。

助けに行こうにも距離が離れすぎている。

「ティアリカ!!」

「わかっています!!」

少女の前に立ち、聖なる魔術で障壁と成す。

魔術によって弾かれた触手をゲオルが斬り裂いた。

もはや魔物に攻撃の手段などないに等しい。

ゲオルは地上から、ティアリカは高く飛び上がり宙から。

地を抉るような闇色の斬撃と、魔術で編まれた聖なる光槍がクロスするように魔物を貫いた。

「す、すげぇえ……あっという間に倒したぞ」

「あの大鎌の男はナニモンだ!?」

「いや、それより……あのバニーガールはなんなんだ!?」

ゲオルへの注目は一気にティアリカへと向いた。

「へ、え？　え？　えっと……」

「だから言ったろ。後悔すんなよって」

「え、ゲオル、あの……」

「その格好で戦ったらそりゃあ、ねぇ……」

だんだんと冷静になっていった彼女の顔がみるみる赤くなっていき。

「……言ってくださいよ初めにッッッ!!」

「だから言ったじゃねぇか!!　正確には噂になるかもなだけどよ」

「はぁ!?　そんな言い方で伝わるわけないじゃないですかッ!!」

「いや、初めに緊急事態っつったのお前じゃん!?」

「それでもキチンと言ってくださいッ！」

「人のせいにすんなよ!!」

その後も繰り広げられる痴話喧嘩のような光景に、人々は再びヤンヤヤンヤと盛り上がりを見せ始めた。

衛兵が来る前に終息したが……。

第三話　これからの俺たちに乾杯

「責任とってください」

「ないね、責任」

「アナタのせいです」

「証拠がないなぁ」

「逃げるんですか？」

「意味がわからないなぁ」

「そうやってすぐはぐらかす。変わりませんね」

「真っ当に答えてるんだけどなぁ。……なぁ、酒まだか？」

「なんのことでしょう？」

「最初の一杯は奢りだろ？」

「知りません」

ティアリカは紅潮した顔を背けながら、ゲオルの隣に座っていた。

「ハァ、おしぼりで顔拭きにここへ来たんじゃないんだぞ、俺は」

「……わかっていますよ。アナタはお客様、私は従業員。昔みたいにはいつまでもできない……」

「そんな深刻に考えんなよ。いい動きだったさ。ブランク本当にあんのか、お前？」

「ふふ、さぁ、どうでしょ？」

ティアリカはそう言うとウェイターに酒のボトルをオーダーする。

さっきまでのあれは羞恥心もあったのだろうが、懐かしさからくる複雑な感情だったのかもしれない。

「約束どおり、最初の一杯は私の奢りです」

「ありがとよ。お前と酒が呑める日が来るなんて思ってもみなかったな」

「お酒は堕落に誘う悪魔の水。そんなことを言ってた時期もありましたね。ホント、馬鹿みたい」

届いたボトルの中身をグラスになみなみと注ぐ様は、惚れ惚れするほどの所作だ。

「……美味い」

「そうやって美味《おい》しそうに飲んでる姿を見るのも久しぶりですね」

「そう、戦いのあとの一杯はいつもこうだった。たとえばあんときなんて……」

その後も咲かせる思い出話は、屋上のときと比べれば格段に明るかった。

久々に楽しい酒の席だ。

「すみませんお客様。あと、ティアリカさん」

「あら、なんでしょう」

「その、支配人がお呼びです。支配人室までご案内いたしますので、どうぞこちらへ」

ウェイターにつれられ、ふたりは店の奥へと続く廊下を歩く。

まるで古城のような重々しい雰囲気が緊張を誘った。

ドアを開くと執務机に支配人がいた。

「やぁティアリカ。そしてお客様、ご足労いただきましてありがとうございます」

スーツを着た、見た目は若そうな痩躯の男が、にこやかにソファーを勧めた。

「よっこらせっと。ふぅ、どうですお客様。楽しんでいただけていますか？」

「あぁ、お陰様でいい酒が呑めてるよ」

「それはよかった。……さて、実はおふたりに話がありましてね」

「……もしかして、さっきの戦闘のことでしょうか？」

「さすがはティアリカ君」

彼は分厚い眼鏡《めがね》をカチャリと直す。

「いやぁ驚きだよ。まさかティアリカ君にあんな力があっただなんて……」

「あの、その……」

「どんな職種であれ、働く者には皆それなりの過去があったりする。だが、あれほどの魔力量とは……ははは、恐れ入ったよ」

支配人の言葉に震えるティアリカ。

力のことをこれまでずっと隠していたのだろう。

バレてしまっては、これからどうなってしまうやら。

その恐れゆえか、彼女はゲオルの袖をつまんでいる。

「なぁアンタ。ティアリカをどうする気だ？」

「ふぅむ」

「すんげー力持ってたら、コイツはもうお払い箱か？」

「ふふ、どうやらふたりは知り合いのようですね。あの動きからして、かなり熟達した連係プレーだ……なぁティアリカ君」

「は、はい」

「……――戦うバニーガールってどう思うかね？」

「え？　質問の意味が」

「月夜に舞い降り、華麗に悪を倒すバニーガール。どうだと思うかね？　非常に、インパクトがあると思わないかね⁉」

「え？　……あの、支配人!?」

「ウチはお酒のほかに君らガールやカジノを売りにしているが、やはりどこかインパクトに欠けているッ!!」

「なにが一体どうなってんだ……」

支配人曰く、ティアリカをこのキャバレー・ミランダのイメージキャラクターにしたいのだとか。

「お～なるほど。酒の聖女ってのも悪くないんじゃねぇの？」

「ちょっとゲオル！」

「酒の聖女……そのアイデア採用!!　あとはそうだな……決め台詞《ぜりふ》なんてのもあるといいな」

「あの、支配人？　勝手に決めないでいただけますか？」

「いーじゃねぇか、なんか楽しくなってきた」

「そうだろう！　よ～し、決め台詞は……『月に代わって、お――――』」

ゲオルは全身全霊でその発言を阻止した。

それ以上はいけない、という超次元的な本能が警鐘を鳴らしたから。

「……いいと思ったのだがね」

「まぁいいじゃねぇか。なぁおいティアリカ」

「もうなにがなんだか……」

「お前に、ここにいてほしいってことだよ」

「そのわりには変な属性がついていってませんか？　私」

「人生の醍醐味ってやつなんだろ、多分」

「あ～、時にお客人。え～っと」

「ゲオルだ。ゲオル・リヒター。今日からこの街に住むことにしてね」

「ほう」

「職業は『何でも屋っぽいの』。荒事《あらごと》は大の得意だ」

「それはまた、だがそういった仕事は軌道に乗りにくいですよ？　……どうだね？　安定するまでこのキャバレー・ミランダで働いてみるというのは？」

「バーテンか？　それともウェイターでも？」

「いやいや、用心棒さ。客によってガラの悪いのもいる。今は黒服たちだけでローテを組んだりしているが、やはり心配な部分もある。君の腕も信頼しているよ。あの戦い、実に見事だった！」

「……まかない、つくか？」

「いいだろう。詳しいことはまた明日話そう」

「へへへ、今日はいい日だねまったく」

「……お客様。貴重なお時間をいただきまして、誠にありがとうございました。引き続き当店のサービスをお楽しみください」

支配人は立ち上がり一礼。

ゲオルとティアリカは部屋から出て、再びキャバレーの席に戻る。

支配人からの餞別《せんべつ》として、少し高めの酒と料理を出してもらえた。

「俺、あの支配人好きだわ」

「あんなに嬉しそうな支配人は久しぶりです。……ホントに今日は嬉しいことばかりです」

「乾杯しようぜ」

「……いいんですか？」

「別に呑んでいいんだろ？」

「はい、では……」

「ふたりの再会とこれからに」

緩やかに過ぎていく時間の中で、ふたりはお互いの無事とこれからを祝福する。

第四話　初日こそクールに

「来やがったナ、新兵《ルーキー》！」

「うっす」

「バッチリしごいてやるカラ、覚悟しやガレ。上官の命令は絶対ダ」

「お、おう」

「泣いたり笑ったりできなくシテヤンゼ、ベイビー」

「未だにアンタのキャラがよくわからない……」

ブラザーのひとりと一緒に各エリアを見て回り、なんの設備があるか、どういう客席の配置になっているかを覚える。

ひと通りの説明を終えると、ここからはひとりでやってみることになった。

「お、早速《さっそく》仕事だ」

最初は立っているだけでつまらないものなのかと思っていたが、ひとり、マナーのなっていない客がいた。

「お、お客様！　ダメ……やだ、ちょっとっ！」

「へへへ、いいじゃねぇか。チップ弾んでやっからさぁ、そのぶん触らせてくれるだけでいいんだよぉ！」

ブラザーやほかの黒服たちは、ほかのところを対応しているので自分が行くほかなさそうだ。

「お客さん、ガールにおさわりは厳禁だぜ？」

「な、なんだテメェ！　放しやがれ！」

「あとチップ弾むなら俺にもくれ」

「ふざけやがってテメェェェエエ!!」

ガラの悪い客は勢いよく剣を引き抜いた。

酒もかなり回っているようで、乱暴さ加減に拍車がかかっている。

「表に出やがれ。バラバラにしてやらぁぁぁあああ!!」

「あ～あ、グデングデンに酔っちゃって……」

店内に緊張が走る中、ふたりで店の外へ。

◇◇◇

その数分後、休憩から上がってきたティアリカがその話を聞いてギョッとする。

「ゲオルが暴漢と⁉」

「う、うん。私がからまれて困ってたときに来てもらって……それでそのお客さん、怒って剣抜いて……それから外へ出て。ねぇティアリカ、あの人、大丈夫かな？」

「大丈夫もなにも……心配なのは暴漢のほうです。どうしましょう……仕事初日に死人をだすようなことになったら……」

「へ？　死人？」

ティアリカは窓からそっと様子を見てみると案の定《じょう》の光景がそこにあった。

「ずびばぜんでじだ……もう、殴らないで……」

「まだ始まったばっかだぞ剣拾えや。こちとらステゴロなんだ。最強の剣技が泣くぜ？」

「ひ、ひぃぃいいいいい‼」

「おら行くぞ‼」

店の外で野次馬がヤンヤヤンヤ。

ティアリカはゲオルのヤンチャっぷりにこめかみを押さえた。

「すっごい……素手で勝っちゃった」

「彼やるじゃない。ねぇ、アナタの知り合いなんでしょ？　私たちにも紹介してよティアリカ！」

「お断りします！　……はぁ、なんでこういうことは目の色変えてやるのでしょうか」

◇◇◇

そして本日の営業は終了。

控え室でゲオルはソファーにもたれかかる。

「ふぅ～。初日から連続で客の相手をするとは思わなかった」

「お疲れさまだねゲオル君」

「おぉ支配人。なぁ、この街の治安どうなってんだ？　ここまで大忙したぁ聞いてねぇぞ」

「ほかじゃもっとひどかったりする。ここは比較的トラブルは少ないほうさ」

「衛兵、仕事しろよ、ったく」

「ともかく今日は助かったよ。また明日からもよろしく頼むよ」

「オーケー。あ、まかないもあるんだろ？」

「もちろんだ。今作っているはずだよ。もうしばらくはくつろいでいたまえ」

支配人が控え室をあとにする。

その後、ブラザーのひとりにまかないを取りに行けと言われたので、厨房のほうまで向かった。

「ここか……」

ドアを開けると、そこは調理番たちの控え室のようだった。

そこにはふたりの女性がおり、ひとりは中年、もうひとりは一瞬美少年と見まがってしまう、いわゆるボーイッシュで若い女性だ。

「おや、アンタだね。新しく入ったってのは」

「どーも、ゲオル・リヒターだ。用心棒で雇ってもらってる」

「ふふふ、知ってるよ。アタシはミランダ。ここの調理場のチーフをやってんだ」

「え、ミランダ？　もしかしてアンタがこの店の？」

「ん？　……アッハッハッハッ！　違うよ。『キャバレー・ミランダ』のオーナーをやってんのはアタシの姉。妹のアタシは、しがない従業員さね」

「なるほど。姉妹だったのか」

「そういうこと。支配人とも長い付き合いでね。思えばもう……」

「チーフ。長話してる暇はないよ。明日の仕込みもあるんだから」

「あぁ、悪いね。……この娘《こ》はユリアス。アタシの右腕さ。料理の腕は一流だよ」

「ユリアスか。どーも、よろしく」

ミランダは気さくな性格だが、どうやらユリアスはかなり無愛想な感じだった。

「はぁ、まったく支配人は……。用心棒なんて雇ってどうするのさ。厨房の人手を増やしてくれってボク、前から頼んでるのに……」

「こーら、そう言うんじゃないよ。身体張って店を守ってくれてんだから。……すまないね。気を悪くしないでおくれ」

「いんや、いいんだ。おう、皿洗いとか皮むきとか、人手がいんのなら呼んでくれ。俺は『なんでも屋っぽいの』をやってるからな」

「……なんで『っぽいの』をつけるのさ」

「いいだろ別に。あ、そういやまかないは？　これ以上は腹減って死にそう」

「そこに置いてあるよ。ニンジンとミートボールのスープさ」

「おっほ‼」

「ひとり一杯。あんまりミートボール取るんじゃないよ。まかない食べたいのはアンタだけじゃないんだからね」

「あいよっと！」

ゲオルはスープを皿に入れ、そそっと自分のいた控え室まで持って帰る。

「ここまで持って帰るのメンドクセェな……」

そう言いつつもまかないに舌鼓を打つゲオルに、黒服のひとりがやってきて。

「お疲れさまっすゲオルさん。いやぁ、すごかったっすね外での喧嘩！　なんか、アチョーアチョーって感じで！」

「あぁ、ありゃちょっとかじっただけだ。本格的なのには敵《かな》わねぇよ」

「へぇ〜、俺もそういうのできたらなぁ」

他愛のない話をしつつ食べ終え、帰宅の準備にかかる。

「さ、明日も頑張るか……お？」

店の外へ出ると、ティアリカが待っていた。

「アナタのことでしょうから、きっとまかないを食べながらおしゃべりでもしていたのでしょう？」

「……待ってたのか？」

「えぇ、明日は非番ですので、多少遅くてもかまいません」

「そうか。俺は当分休みがなさそうだ」

「それはよかったですね。身を粉《こ》にして働いてください」

「はぁ、労《いたわ》りの言葉くらいくれよ」

「あれだけ体力があり余っていたら大丈夫でしょう。……その、そのですね」

「ん？」

「もしもよろしければ……、少し歩きませんか？」

「……オッケー」

静かな時間帯、互いに歩調を合わせるようにふたり並んで街を歩く。

第五話　奇妙な来客たちとのあとは応接室で

「見てましたよ。あんな派手な喧嘩して……」

「仕事だよ仕事。ガールにおさわりする悪〜い男にお説教したんだよ」

「やりすぎです」

ふたりは公園や高台を歩いて回り、夜の雰囲気を楽しんだ。

「こんな風に歩いたことなかったよな」

「基本ひとりでしたものね」

「お前はいつも勇者と会議」

「えぇ。魔王を倒す……そうすれば世界は救われるって信じてました」

「……昔話もいいもんばかりじゃないな。気分を変えよう」

この街はかなり広い。

公園なんて探せばいくつもある。

街を見渡せる場所にある公園で、ふたりはその辺の店で買ったコーヒーを飲みながらひと休み。

「ここへ来てすぐに仕事にありつけたのは僥倖《ぎょうこう》だった」

「でないと無職ですものね」

「お前がいてくれたお陰かもしれない」

「う〜ん、なんだか複雑ですね。そう言われると」

「お互い流れの身になって、出会う確率もきっと奇跡のレベルだったんだ。……この街、気に入った」

「私もこの街、大好きです」

「非番いつだろうなぁ。もう少し見て回りてぇ」

「ねぇ、もしも非番が重なったら一緒に街を歩きませんか？　案内しますよ」

「そりゃいい」

緩やかな時間は過ぎていき、ふたりは別れる。

そして次の日、ティアリカは同じく非番のガールたちと一緒に出かけていったそうな。

◇◇◇

翌日、ゲオルは早速厨房に呼び出され、皿洗いなどをせくせく行っていた。

どうやら昨日の話が支配人の耳に入っていたようで、ゲオルに厨房を手伝ってほしいと早速懇願してきたのだ。

「いいのかいゲオル。皿洗いが終わったあとに、また用心棒の仕事に戻ってくれだなんて」

「人遣いが荒いのさ支配人は」

ユリアスが呆れたように言う。

「いいっていいって。俺は『何でも屋っぽいの』だから。そのぶん、金弾んでくれるならわけないさ」

「でもしんどくないかい？」

「この程度どうってことはねぇ。あ、まかないに色つけてくれたらもっと頑張るぞ？」

「アッハッハッハッ！　元気がいいねぇ」

「コキ使われて死んでも知らないよ？」

「ご冗談」

厨房もだいぶ落ち着きが出てきたころ、ゲオルはまた用心棒へと戻る。

「行ったり来たり大変じゃないッスか？」

「いいんだよ。こっちも軌道に乗るまではクソ忙しいほうがいい」

「へぇ、そんなもんッスか」

「金払い良さそうだしな、あの支配人。あと、まかないがうまい」

「へへへ、でもそれだけじゃないんでしょう？　噂になってますよ。ティアリカさんの彼氏だなんて！」

「……昔の旅仲間だよ。それ以上詮索すんならテメーもアチョーしてやろうか？」

「あ、すみません……いえ、実はね、ユリアスさんがかなり気にしてたんス」

「ユリアス？　あの厨房のか？」

「えぇ、ティアリカさんがここに来たときから、ずっと気にかけてたみたいで……」

「……そうか。礼を言わなきゃな」

「あの人怒らせないほうがいいッス。この店で一番怖いから」

「了解」

おしゃべりもそこまでにして、各々のエリアを見て回る。

昨日のような暴力沙汰《ざた》はないようだが、礼儀のなっていない客はチラホラ。

そのたびに黒服やブラザーに睨《にら》みをきかされて縮こまる。

それから数時間、このまま何ごともなく終わるかと思ったときだった。

「おい、なんか物々しいの来たぞ」

「へい、ユーたち。なんの用ダ」

「もう閉店の時間ダ」

「ちゃっちゃと出直して来んカイ！」

軍服の男たちは忠告を気にも留めず、店内を一瞥し、そのうちのひとりが声を張る。

「一昨日《おととい》、街に現れた魔物を倒したという男。この店にいるはずだ」

「急に来て一体なんダ」

「いいからそいつを出せ。ここにいることはわかっているんだ！」

「おう、俺だ」

支配人は今日は留守。

これ以上の睨み合いは不毛だ。

ゲオルは自分から名乗り出る。

「お前が？　う〜む、確かに特徴が一致している」

「そうだ。俺がブッ倒した」

「話を聞かせてもらおうか」

ティアリカは今はいない。

変な面倒ごとであるのなら、彼女を巻き込むわけにはいかない。

「お前ひとりだけか？」

「俺ひとりで十分だった」

「もうひとり、ここのバニーガールが戦ったという話だが？」

「そりゃガセだ。尾ひれがついたんだろ。俺がひとりでブッ倒したんだ。なんならアンタらで試してやろうか？」


空間から仕掛け大鎌を取り出す仕草《しぐさ》を見せると軍服たちがその気迫にたじろいた。


（な、なんだこの魔力量は!?　上位魔導衛士《えいし》と同等かそれ以上の……）

「どうした。論より証拠だ。実際にちゃんとじっくり見せてやるよ。表、出ようぜ」

「い、いや……結構です」

「そうか？　ご理解いただけてなによりだ。……で、話を聞きたいってのはなんだ？」

「う、うむ。その、あの魔物を倒したときに、なにか不審な人物はいなかっただろうか？」

「不審な人物？」

「繁華街のど真ん中に等しい場所で、魔物を使いあの騒ぎを起こすという不届き極まりない輩《やから》だ」

「……さすがにあれだけの住人がいるとよ。誰が怪しくてそうでねぇかなんてのはわからん。いたとして、そうわかりやすい見た目はしてないだろうぜ」

「そう、ですか」

「……俺、『何でも屋っぽいの』をやってんだ。もしもなんか仕事があるなら連絡してくれや。一応さ。ここでも窓口開いてもらってるから」

「は、はぁ……」

軍服たちはゾロゾロと去っていく。

「はぁ、参っちゃうねホント。悪いね。騒がせちゃって」

「すっげ……普段威張り散らしてる軍服たちをビビらせちまった」

「へへへ、人気者は辛《つら》いナ、ルーキー」

「支配人にも報告スルカ？」

「セヤナ。支配人の胃薬をまた発注せぇへんとナ、ハハハハハハ！」

やけに和《なご》やか。

そんな中、ユリアスがゲオルのほうへ。

「ゲオルさん、ちょっといいかな」

「おうユリアス。もうまかないできたのか？」

「……それよりも大事なことがある。応接室まで来てほしい」

「……あいよ」

応接室まで行くと、酒が用意されていた。

グラスふたつの中に、琥珀《こはく》色の液体が注がれている。

ユリアスはドカリと座り、グラスのひとつに口をつける。

彼女の態度からして歓迎されているわけではないようだが。

「座りなよ」

「酒まで用意してくれるたぁ。よっぽどいい話をしてくれるんだろうな」

「いいかどうかは、返答次第さ」

「期待に応えられるようにしよう」

「じゃあ早速本題だ。……ティアリカのことさ」

「ほう」

「彼女とは、どういう関係なんだい？」

互いのグラスに浮かぶ氷がカランと揺れた。

第六話　今日はやけに女にからまれる日だな

「ティアリカを見てひと目でわかったよ。秘められた才能に、自然と出る不思議なオーラ……人とは違う特別なものを持ってる」

「ほぉ～。そこまでわかって、アンタはアイツと仲良くしてんのか」

「……そういう君も仲が良さそうだ。以前から知ってる風だけど」

「アンタはどう見る？」

ユリアスは答えず、また口に含んだ。

「清い関係を築いてきた仲、とだけ言っておくよ。この妙に美味い酒に誓って嘘はない」

そう言ってゲオルもひと口。ユリアスはゲオルを睨んでいた。

ティアリカとの関係を疑っている。

「ティアリカと仲良くしてくれてありがとよ。アイツ、性格もお堅い部分あるし、ここへ来るまでずっと苦労しどおしだったろうからな。アンタみたいなのがいてくれて助かるよ」

「……嘘は、言ってないようだね」

「つくかよ。アイツの大事なダチの前だ」

「もし嘘をついてたり、彼女を貶《おとし》めようとしてたら……」

「その腰の裏に隠してる暗器。あと、袖下にもあるな」

「……ッ！　なぜ……」

「あ、足の位置からして裾にも隠してるだろ。やり方がスケベだねぇ～」

「スケベは関係ないだろ」

「ほ～ん。色んな奴が従業員になってるって話だが、なるほど、元暗殺者か」

「……幻滅したかい？」

「他人の過去にいちいち幻滅してたらキリねぇぞ？　……ここは色んな過去を背負ってる奴が集まる街。それでも踏ん張って生きてる奴の街。そうだろ？」

「まったく、君と話してると調子狂うよ」

「ティアリカを守ろうと必死になってた自分が馬鹿みたいってか？」

「言ってくれるねぇ！　怪しい奴が彼女と仲良くしてたら、そりゃ心配するに決まってるだろ？」

「怪しいだと!?　あー……まぁ怪しいか。いや、でも、そこはもっとオブラートに包んでだな」

「うさんくさいからヤダ」

「これだから今どきの若い奴は……」

「ねぇゲオルさん。よかったら教えてくれるかな？　ティアリカとどういう関係だったのか」

「……これは、いつか話せるときになったら話すってのでどうかな？　アイツだって、自分の過去を掘り返されたくないだろうからよ」

「わかった。ありがとう。ごめんね……変に疑っちゃってさ」

「ま、ちょっと飲もう。まかないはそれからいただくさ」

「いいよ。あと一杯だけね」

ユリアスと美味い酒を飲み、まかないを食べてゲオルは帰路につく。

◇◇◇

（キワモノばっかだな、この店）

そんなことを思っていると、先ほど店に押しかけてきた軍服たちが待ち構えていた。

「……俺に忘れ物か？」

「隊長がお前に是非会いたいと」

「隊長？　礼儀がなってねぇな。こんな夜にアポなしで、しかも待ち伏せたぁ」

「あら、ずいぶんな言い草ね」

現れたのは、こんな夜にも綺麗に映える紫水晶《アメジスト》のような瞳を持った美少女。

豊満に実った胸元は軍服からはみ出るようにその美しい乳白色を晒し、綺麗な谷間を作っている。

周囲の大人たちよりも小柄なのに、その存在感は見て取れるほどに大きい。

それは彼女の魔力量のせいだろう。

ハッキリ言えば魔力量だけならティアリカと同等程度か。

「嬢ちゃん。キチンと大人を同伴させて来たのは褒めてやる」

「む、子供扱い？」

「こんな真夜中に男を待ち伏せ。イイ子ちゃんのすることじゃねぇがな」

「ア、アンタねぇ……私がそういういかがわしいことしそうに見える⁉」

「どうあれ逆ナンはお断りだっつってんだ」

別の道から帰ろうとするも、彼女の部下たちに阻まれる。

「しつこいねぇ」

「ここで逃がすと思う？　アナタの身柄を拘束させてもらうわ」

「おいおいおい！　まるで犯人扱いだな⁉」

「アナタはあの植物系の魔物を倒したとき、見たはずなのなのよ。犯人の姿をね」

「まいっちゃうね。こんなことはつまみ食い探しのパーティー裁判以来だ」

「なにわけのわからないこと言ってんのよ。連行しなさい！」

「は、ハッ‼」

「あんときも俺がこうやって犯人扱いされたからな。んで、俺はこうやって抵抗したわけ」

右半身《みぎはんみ》でステップを踏みながら、水のようになめらかな動きを見せる。

相手の力《りき》みを利用しコントロールする投げ技や押さえ技で、次々と軍服たちを躱《かわ》していった。

集団でかかるも誰ひとりとしてゲオルを捕らえられない。

（な、なによ、この体術……〝お爺様〟に匹敵するほどの動き……いや、センスで言えばもしかしたらそれ以上のッ！）

少女は駆ける。

旋風のように両足を振るい、ゲオルに襲い掛かった。

「だりゃああ‼」

「痛《い》って！　……は、組手・軍靴術《ぐんかじゅつ》か。オシャレがなってねぇぞ」

特注らしい黒鉄《くろがね》色の軍靴。

足技にしてはとんでもない重さで、高速で飛び交う鉄球をさばいているような気分だった。

さらに膝や肘技まで絡めてくるので始末が悪い。

「悪いがここまでだ。仕事上がりなんでな」

「こら待ちなさい！」

「今度はちゃんとアポとれよ！　あ、メシ食いながらなら大歓迎だ！」

ゲオルを追いかけるも入り組んだ路《みち》へ入られ、見失ってしまう。

「こんの……覚えてらっしゃい!!」

少女は顔を真っ赤にして地団駄《じだんだ》を踏みながら、悔しさを夜の街に響かせる。

「ふぅ、有名になるの早すぎねぇか……？　それとも、あの魔物を寄越した黒幕が有名すぎたケースか？」

「あら、ゲオル……？」

「ん、おう、ティアリカ。今帰りか？　ずいぶん遊んだんだな」

「えぇ、中々に楽しかったです。……アナタは？　ずいぶんお疲れのようですけど」

「ジョギングだよ」

「ふ～ん」

「それよりも、お前のところに誰か来なかったか？」

「誰かって？」

(ティアリカをマークしてないのか？　当面は俺狙いだろうが、いずれはコイツにも注目がいくだろうな)

魔物事件の犯人捜しをすれば、必ずゲオルやティアリカに行き着く。

そうすれば、このふたりがかつて魔王討伐のために命を張った者たちと気づく可能性は高い。

もっとも、教団の根回しがどこまで進んでいるかによるが。

「あの、ゲオル？」

「あぁすまん、考えごとしてた。……ティアリカ、もしかしたらあの植物系の魔物の件で、俺の前に軍服どもがまた来るかもしれない。お前は絶対に顔を出すな」

「また、って……え、もしかして事情聴取に来たと？　では、なおさら私も出なくては」

「元聖女って知られたくないだろ。元聖女がバニーガールやってるなんて、いいゴシップに……」

「なめないでください。それを恐れていては問題に立ち向かうことはできません。もしも次に別の魔物が現れたら……」

「え、待て。お前また戦う気か⁉」

「当然です！　力ある者が力なき者を守らずしてどうするのです！」

「はぁ～、杞憂《きゆう》だったかな」

「ゲオル、もしもこの街に危機が迫っているというのなら、また、ともに戦いましょう‼」

張り切るティアリカをよそに、ゲオルは夜空を見上げた。

軍服たちや、あの少女に完全に顔を覚えられている。

きっと明日にでもまた来るだろう。

（またアレの相手すんの？　修理代請求されるような沙汰にならなきゃいいなぁ）

それぞれの平和を思い浮かべながら、ふたりは並んで帰路についた。

第七話　派手な仕事が舞い込んできた気がする

次の日の昼間あたり。

『キャバレー・ミランダ』は昼間でも賑わう。

カジノエリアはまだ閉じているが、それでも酒や料理、そして日勤のバニーガールに会いに来る客は多い。

ゲオルはいつもどおり、用心棒をしていた。

仕事は朝から晩まで、しかもまかないつき。

それなりな額の給料のことも考えれば、十分すぎる待遇だ。

タチの悪い客の相手もまったく苦ではない。殴れるし。

「……思ったとおり、早速お出ましか」

昨夜《ゆうべ》の少女だ。

今度はひとりで店にやってきて、入り口のウェイターに話しかけている。

「ゲオルさん、ですか？　えぇ、あそこで……」

「そう、ありがと」

「あーあ、こっちに来やがった」

壁にもたれかかっていたゲオルの前に少女は仁王立ちし、キッと睨み付ける。

「よう」

「昨日はよくもやってくれたわね……」

「お互い忘れられない夜だったな」

「く……その余裕な表情が気に入らない！」

「もー騒ぐなっての」

「アナタが煽《あお》るような言い方するからでしょう！」

「……はぁ、本題に入ろうか。俺を連行したいんだろうが、俺の意見は変わらない」

「犯人を見てないって？　そんなはずない」

「手柄をたてたい軍人さんも苦労するなぁ。でも見当外れだ。こういうのは地道にやるもんさ」

「だから今やってるじゃない」

「これが⁉　冗談じゃねぇよ……ったく」

　この少女の意思は固い。

　めんどくさいことにどこまでいっても平行線で、彼女の瞳は真っ直ぐゲオルを捉えてはなさない。

　根負けしそうになったそのとき、妙案を思いつく。

「そうだ嬢ちゃん、俺に依頼するってのはどうだ？」

「依頼？　アナタに？」

「あれ、言ってなかったか？　俺は『何でも屋っぽいの』をやってんだ。ここの用心棒もその仕事の一環だ」

「なによ『っぽいの』って。そんないい加減な仕事してるの？　怪しいわね」

「じゃあ、この話はなしだ。とっととお帰り」

「ちょ」

「この店は嬢ちゃんにはまだ早いんじゃないの？　大人になってから来るんだな」

「はぁ、ミスラよ。ミスラ・ガバメント。階級は上位魔導衛士」

「よろしくミスラ。俺はゲオル・リヒター」

「馴れ馴れしい。……で、お話は聞いていただけるんでしょ？」

「今、仕事中だしな」

「終わるまで待てって言うの？」

「どうしてもってんなら、支配人に話を通せ」

その後すぐにミスラは支配人と話を付け、ゲオルと話す時間を貰った。

応接室で、彼女の話を聞く。

「さて、依頼を聞こうか」

「もちろん、今回の騒ぎの犯人捜し」

「その様子じゃ目星もついてねぇようだな」

「いちからの捜査よ。誰がなんのためにそうしたのか必ず突きとめる。この街を脅《おびや》かす悪党は絶対に許さない」

「報酬は？」

「……この額でどう？　私のポケットマネーだけど」

「ふっ、さすがに経費からは出せねぇか」

「で、どうなの？　受けてくれるのよね？」

「手柄はアンタに、報酬は俺に」

コーヒーをイッキ飲みしてゲオルは笑う。

その顔に仏頂面の彼女はどこか緊張の色が和らいでいた。

「もっと頼れる大人、いただろうによ」

「……」

「弱みを見せたくないってか」

「アナタには関係ない」

「仕事は明日からだ。じゃあこの辺で……」

そのときだった。

「話は聞かせてもらいました!!」

「ティアリカ!?　お前仕事は夜からじゃ」

「え！　ちょ、なに!?」

「ゲオル、水臭いではありませんか。この私を差し置いて悪に立ち向かおうなど」

「いや、俺は仕事でやるの。今のお前はここの従業員で……って、お前どっからこの話聞いてたんだ？」

「そんなことはどうでもいいのです！」

「よかぁねぇよ」

「……ティアリカ、どこかで……」

「お前バニーガールの仕事はどうするんだよ」

「支配人に頼み込んでみます」

「いや、さすがに許しちゃくれねぇだろ」

「戦うバニーガールがどうだの言っていたのはあの方です」

「いや、それは……ハァ、言うだけ言ってみろよ」

首をかしげるミスラの横で、コンビで動くことが半ば決定する。

「まぁ、その、よろしくお願いします」

「えぇ、お任せください！」

「報酬山分けとか言わないよな？」

「え、言いますが？」

「おい！」

「ふふ、冗談ですよ。あ、でも食事に連れていってくれると嬉しいです」

「……ったく」

ミスラが帰ったあと、ティアリカは支配人に直談判《じかだんぱん》。

支配人はしばらく考え込んだあと、オッケーを出したのだとか。

「あンの支配人……」

「また一緒に戦えますね、ゲオル」

「危ないと感じたらすぐ逃げろって言われたの忘れたか？」

「あら、私たちの経歴をもうお忘れ？」

「……アブねぇ女」

かつての彼女とのギャップに肩をすくめながらも、笑みがこぼれてしまう。

◇◇◇

次の日の夜、彼女は武装して現れた。

白い聖装束衣装、そして黄金色の魔杖《まじょう》を持ってゲオルに笑顔を向ける。

「よかった。バニースーツで戦うなんて言ったらどうしようかと思った」

「支配人に勧められましたが、さすがに……」

「あンの支配人……」

「さぁ、今日はどうするんです？」

「情報収集」

「え？」

「あのな、話聞いてたんだろ？　まだ犯人の目星もついてない。ド派手なアクションはある程度情報を掴めてからだ」

「むぅ。……しかし、犯人も妙なことをしますね」

「妙なこと？」

「えぇ、どうしてわざわざ魔物を街中に解き放ったのでしょうか？　そんなことをするより、爆弾や魔術を使ったほうがよっぽど被害が出るはずです」

「確かにな。俺たち以外にも戦闘能力のある奴はゴマンといたはず。あの程度の魔物で街に損害を出すにしちゃ悠長なやり方だ」

「となると、相手はテロリストや敵国のそれではない……？」

「それよりもっとヤバイの。ただ刺激が欲しいだけの異常者か」

「そんな……！」

「人が魔物に襲われてるのを見て興奮する変態ってのが、今のところの犯人像かな？」

「うぅ、となればまた被害が……」

「かもな。おい、先日魔物が暴れた場所のほかにもっと人が賑わう場所はどこだ？」

「案内します」

訪れたのは神殿前広場。

この時間帯は繁華街エリアと同様に人が多い。

大都会の中にある神殿というだけあって、大きさもさることながら、壁一面に刻まれるレリーフそのものが、神話を語る役割を担っていた。

「まさにそびえ立つ歴史だな」

「えぇ、でも、もしここで騒ぎが起きれば……」

「そうなる前に食い止めるさ」

第八話　事件は終息した

この場に待機して数分経ったときだった。

「人が賑わってきたな。怪しい奴は？」

「……あの、あれ」

「んだよ。ガキじゃねぇか……おーおー薄気味悪く笑って、まぁ」

「誰かを見ているようですけど」

「……おい、あの顔色悪いの……」

少年の視線の先、人混みの中で胸を押さえて苦しそうにふらつく男の姿があった。

「まるで観察をしているみたい……ゲオル？」

「先日の魔物、急に現れたって？」

「……の、ようですけど……」

「手品のタネがわかった」

ゲオルの言葉と同時に男の身体が破裂する。

内部から出てきたのは同じく植物系の魔物。

「出やがった!!」

「まさかそんな！」

ティアリカは先ほどまで薄気味悪く笑っていた少年と目が合った。

少年はパニックの街人たちをかき分け、一目散に逃げていく。

「あ、待ちなさい！　ゲオル、アナタは魔物を!!」

「おい！　……ったく、血気盛んな聖女だこと」

ゲオルは仕掛け大鎌を取り出し魔物に立ち向かう。

「悪いが俺も早くガキのケツ追いかけなきゃいけないんだ。飛ばしていくぜ!!」

ゲオルが大立ち回りしている間に、ティアリカは街外れにある倉庫まで彼を追い詰める。

そこには数々の実験道具とともに、今までの実験の跡が、残されていた。

異臭とともにその場に広がっていたものは、積み上げられた魔術本とその脇に転がる汚れたフラスコ、いくつもの割れた実験体を入れるためのケース。

さらにはなんらかの死骸まであるので、ここでどれほど凄惨なことが行われていたかがよくわかる。

「ここは僕の秘密基地なんです。大いなる成果のためのね」

「成果？　あの魔物を作り出すことがですか？」

「いいえ、あれは失敗。ですが間違いなく僕の研究は歴史的な成功に近づいているんです」

「どういうことです？」

「僕の父は偉大な研究者でしてね。息子である僕にも、そうなってほしいと常々《つねづね》言い聞かせていました。ですが、僕にはどうもその才能がないみたいなんですよ」

「だからこんな真似を？　お父上への当て付けで？」

「逆ですよ！　僕は僕のやり方であらゆる病《やまい》を治すための研究をしているんです。人間と魔物との因子融合。魔物は人間にとって有毒な環境下でも生きられます。特に植物系なんかはそういう場所と相性がいい傾向にある!!　そこに目を付けた！」

「……ッ！　それで罪のない人を実験台に！」

「あと一歩、あと一歩なんです。もう少しデータが必要だ。必ず成功させ、研究データと論文を学会に出せば僕は歴史に名を残すことができる。一気に夢のスターダムに立てる！」

「させるとでも？」

「無駄ですよお姉さん。僕はね、格闘の心得があります。魔術だってホラ。魔術耐性の加護をもったアクセサリーで身を固めています。おやおや、もう不利になってしまいましたね」

「その程度、ピンチのうちにも入りません」

「強がりを言わないでほしいですね。アナタのような美人に乱暴するのは心苦しいですが、ククク、同じく実験台になってもらいますよ」

少年はメリケンサックを両手にティアリカに襲いかかる。

「へぇああ！　へぇああ!!」

身のこなしは確かに速い。

股関節が硬いなりに、キックも頑張っている。

「もう息切れですか？」

「ふふふ、僕の攻撃を回避し続けるとは、お姉さん中々やるじゃないですか。素人《しろうと》ではないですね？」

「知った風に言いますね」

「そりゃあ、たしなんでいますから」

やけにノリノリな少年。

ティアリカも体術の心得がないわけではない。

こちらも相応の対応をしようとしたそのときだった。


ドッカァァァアアアアッッッ‼


「な⁉　両サイドの壁から魔物が‼」

「備えあればナントヤラですね。軍事用として売り込めるように作っておいた試作品が役立つだなんて」

「アナタは、一体どれだけの人を！」

「人類すべてのことを考えれば、安い犠牲ですよ‼」

ティアリカから〝容赦〟の二文字が消えた。

炎の渦に、雷の剣の束。

全方位から敵に向けた魔術が瞬く間に魔物をのみ込んだ。

「無駄ですよ。その程度の攻撃ではアレは倒せません。それに、ほら！」

「く！」

「防御が上手くたって、このままじゃジリ貧ですよホラホラホラァ!!」

メリケンサックを魔杖でいなしつつ、体術で眠らせようとしたとき、触手が両サイドから伸びて四肢の動きを封じられる。

「しまっ……ッ！　あ、あぁあああ!!」

「ハァ、ハァ、てこずらせやがって。……頑張ったほうですかねお姉さん。ふふ、しかし本当に綺麗だなあぁ。一応聞きます。どうです？　僕と手を組みませんか？」

「なん、ですって？」

「その美貌と才能、やはり実験台として失われるのは惜しい。僕とアナタが出会えたのはきっと運命なんです。僕と一緒に世界を変えましょう。人類を救いましょう。僕たちならやれる！」

「……愚かですね。アナタは」

「なんだって？」

「こんなものが評価されると思って……、自分が過《あやま》ちを犯しているという自覚もない。私はそういう人を軽蔑します。……お願いです。自首して」

「どうやら、自分がどういう状況にいるかわかっていないようですね。仕方ありません。ここは痛みでわかっていただこう。……だってそうでしょう？　僕の誘いを断ったんだから。ぶん殴られたって文句は言えねぇよなぁ!?」

「――――じゃあお前もぶん殴られても文句は言えねぇよな？」

拳《こぶし》がティアリカの腹部まで差し掛かったとき、彼女は思わず目をつむった。

そんな恐怖から救ってくれたのは、馴染み深い彼の声だった。

「な、なんだお前は!?」

「そりゃこっちの台詞だクソガキ。ちょっと待ってな。お片付けしてからお説教だ」

颯爽と登場したゲオルにティアリカの顔がパァアっと明るくなる。

ゲオルの手によってすぐに触手から解放されたティアリカは、ともに魔物の討伐を仕上げた。

瞬く間に形勢逆転したことに少年は狼狽《ろうばい》し、狂ったように頭をグシャグシャとかき乱す。

「き、貴様……！　貴様らぁぁぁあああッ!!　よくも、よくもぉおおお!!」

「お、メリケンサックか。ハイカラなもん使いやがって。だが、殴り合いにそれを使うのは不粋《ぶすい》ってもんだぜ？」

「黙れ黙れ黙れぇぇええ!!　よくも僕の邪魔を……」

「お、殴り合いか。いいぜ。ティアリカ、お前はミスラに連絡してくれ。僕ちゃんの相手は俺がしてやる」

「わかりました。お気をつけて」

「うぉぉおおお!!　ちょっと強いからってなめるな！　僕は格闘の心得があるんだぞ!!」

「ほう、じゃあ是非ご教授してもらいたいね。行くぜ僕ちゃん先生」

「へぇああ!!」

殴り合い、というにはあまりに一方的だった。

ゲオルのワン・ツーからのハイキックがすべて炸裂し、少年は派手な音を立てながら倒れる。

「ほれ、もういっちょ」

「なめやがってぇえええ!!」

「ほら、キックもっとしっかりしろ。硬いんだよ身体」

「うぎゃあああああ!!」

キックを軽く受けとめ、軸足を踏みながら足を無理矢理大きく開かせてやると、少年は情けない断《だん》末魔《まつま》を上げる。

「そぉら!」

「うげぇぇえ!」

勢いよく背中を蹴っ飛ばすと、少年は顔面から地面に激突し、顔と股関節を押さえるようにしながら背中で這いずり回る。

「そんなんで格闘の心得があるなんて、よくもまぁ言えたな」

「だ、だまれぇ……」

「お縄につきな。それかここで殴り殺されるか?」

「ク、クソォオオ!!」

今度はタックルをしてくるが、鋭いアッパーカットが入り、一気に昏倒《こんとう》。

「ヘヴィ級になってから出直してきな」

数分と経たずミスラ率いる衛兵隊がやってきて、倒れていた少年を捕縛《ほばく》。

事件は幕を閉じた。

第九話　ティアリカと一緒にＶＩＰ席

「少年、そこの嬢ちゃんに牢屋でキック教えてもらえ～」

「なに言ってんのよアナタは。さぁ連行して！」

「あのガキどうするんだ？」

「……話によると名家のご子息みたいね。結果を焦ってあんなことするなんて、バカな奴」

「誰かさんそっくり」

「なにか言った？」

「いやなにも。じゃ、そろそろ大人の話でもしようか。報酬は？」

「三日後、店に届けさせる」

「ちょっとでも遅れたら催促すっからな？　俺は手抜かりしねぇし、したこともねぇ」

「ガバメント家は約束を反故《ほご》にしない。安心して。……えー、このたびは犯人逮捕にご協力いただき、ありがとうございました。感謝いたします」

「市民の義務を果たしたまでです、衛兵さん」

衛兵たちが忙しなくする中、倉庫から出てきたゲオルは、外で待っていたティアリカと一緒に街中へと歩きだす。

「何度も待たせて悪いな」

「いえ、そんな」

「いつも待たせてばっかりだ」

「いいえ、ちっとも」

「この時間帯ならまだ開いてる店あるな」

「アイス、食べません？」

「相変わらずの甘党だな。……たまにはいいか。俺もダブルでガッツリ食いてぇ」

「ふふふ、じゃあ同じくダブルにしましょうか」

「任せるよ」

戦いで火照《ほて》った身体が熱の逃げ場を探す。

ゲオルは大抵それを水や酒で冷まそうとするが、今日はティアリカに合わせた。

彼なりの恩返しだ。

自発的な協力とは言え、彼女を危険に晒してしまったことへの細やかなお詫び。

「こうしてアナタとアイスを食べる日が来るなんて思いませんでした」

「こんな事件のあとじゃなけりゃロマンチックなんだろうがな」

「いいえ、私たちには十分ですよ」

「……お前、あのガキ相手に本気になれなかったな？」

「確かに許せない所業でしたが……更生の余地などを考えてしまい」

「そういうのは衛兵さんのお仕事だ。忘れるな。もうお前は聖女じゃない。俺のドンパチに付き合う必要は……」

「確かにそうかもしれません。でも、なんででしょう。もう一度アナタとって思うと、いてもたってもいられなくなるんですよ」

「……支配人が泣くぞ？」

「大丈夫ですよ。バニーガールにアナタのパートナー、両方見事に務めてみせますから」

「バニーガール気に入ってんのか？」

「ふふふ、どうやらそうみたいです。……知ってるんですよ？　アナタが私のほうをたまに見ているの」

「うっ、ゴホゲホ！」

「こういう仕事をすると、嫌でも視線に敏感になっちゃうもので」

「否定はしねぇよ。まったく、大物になりやがって」

「……人気の先輩方はすごいですよ？　ポールダンスでお客様を沸かせる方や、生粋《きっすい》のギャンブラーに引けを取らない方。彼女たちは彼女たちで『キャバレー・ミランダ』という看板を背負っている。そう考えるとすごく……強い人たちだなって」

ティアリカの輝く瞳を見ながらゲオルはアイスを食べきった。

胸焼けを残しながら立ち上がり、夜空を見上げる。

「街に平和を取り戻したな。俺たちで」

「えぇ、私たちで」

「『何でも屋っぽいの』の成果としちゃあ上出来だ。これを機にもっと仕事が増えてくれりゃあな」

「でも、聞いた話によればミスラさんにとって秘密裏のものなのでしょう？　だとすれば一般の方からの依頼は……」

「……まぁ、そりゃあな。ほらアレだ。ミスラの口伝《くでん》で色～んなお偉いさん方に俺の名前が伝わるかもってやつだよ」

「そうでしょうか。ミスラさんを見る限り、そういうのはしたがらないタチでは？」

「……なんだってお前、人を見る目もグレードアップしてんだよ」

「ああいうタイプは知らんぷりも一丁前ですよ。恐らく部下にも徹底させてますね」

「はぁ、読みがお上手ね」

「そんなにふてくされないでください。じゃあ私が宣伝しましょう」

「お、マジで？」

「ほかのガールにも声をかけてみますね。彼女たちのお得意様にもきっと知られるでしょうし」

「そりゃあいい！　……初めからそうすりゃよかった」

「変なところで抜けているのも、相変わらずですね」

「うるせぇな。ここ最近ワタワタしてて大変だったんだ」

「じゃあこれからもっと大変ですね」

ティアリカも立ち上がり、ゲオルと手を繋いだ。

「帰りましょう。支配人に報告しにいかなくてはいけませんよ」

「そうか。まだ営業時間内か。皆にも心配かけてるしな」

「終わったら、おもてなししますね？　今夜はアナタのために、ね」

「……マジで？　ＶＩＰ席に入れるほどの金はないぞ？」

「大丈夫ですよ。支配人に話をつけますから」

「……ホントに強《したた》かになったね」

◇◇◇

『キャバレー・ミランダ』へと戻り、支配人への報告が済む。

ふたりの無事を大いに喜び、ゲオルへのもてなしを快く承諾した。

「ＶＩＰ席落ち着かねぇな」

「あら、いいではないですか。ここは人目にもつきにくい配置なんですよ」

早速バニーガールの衣装に身を包んだティアリカにもてなしを受けていた。

落ち着いた雰囲気に心地のいいソファー。

テーブルの上のてらてらとした酒ビンと、グラスに注がれた半透明の液体。

「大丈夫、ゆっくり落ち着いて楽しませてあげますよ」

「あ、あぁ……」

「……私を見る目がいかがわしいような気がしますねぇ～」

「ったく、からかうない」

「ふふふ、さぁお召し上がりを」

「改めて、ホントに変わったよ。以前のお前なら逆に『からかわないでくだすぁい！』って叫んでるくらいだからな」

「もはやなにも言うまい、ですね。今ではやりがいだって感じてます。さ、飲んで飲んで」

「お前もどうだ？」

「私はおもてなしをする側ですので……」

「お前と飲みたいんだよ俺は」

「ふぅ、もう……」

ふたりで乾杯してひと口。最初とはまた違う味わいだ。

ふたりして安息に身を委《ゆだ》ね、また昔話に花を咲かせた。

しばらくそうした時間を楽しんでいたとき。

「あ、そうそう。アナタ専用のオプションを考えてみたんですけど、どうです？」

「オプション？」

「膝枕、とかね」

「そりゃあ……是非」

昔なら考えられないその待遇に目を丸くしながら、その言葉に甘える。

「人生生きててこんなの予想できるか？　聖女の膝枕なんて、それこそ英雄の特権だぞ」

「元、ですよ」

「ガールはお触り禁止だってのに。これ見つかったら俺ドヤされんじゃねぇか？」

「大丈夫。ここは場所的に人目につきにくい配置です。それに、支配人も皆もわかってくれますよ。この程度のことは」

「そっか。なら、しばらくこうしてるぜ」

「……アナタだけの特別ですから」

「このアングルも特別って考えてもいいんだな？」

「……もう」

仰向けに寝返りを打ったゲオルに頬を染めつつ、ティアリカは彼の頭を撫でた。

「ゲオル」

「ん？」

「ずっと、この街にいてくれますか？」

「どうした急に」

「いえ、アナタって昔からアウトローな感じでしたから、いつか知らない間にフラッとどこかへ行っ

ちゃうんじゃないかって」

「……お前を悲しませるようなことはしないよ」

「え？」

「お前がそれで悲しんで、泣いちまうんなら、そんな不義理はできない」

「私の涙次第……ですか」

「おっと今泣くなよ？　まだ膝枕、堪能したいんだから」

「ぷっ、ふふふ。なんですかそれ」

「そうそう、笑っててくれ」

閉店目一杯の時間まで、ふたりはこの時間を楽しんだ。

第十話　おえらいちゃんのお偉いさん

あれから三日、キャバレー・ミランダの仕事以外にもぼつぼつ仕事が回ってきたところ。

「……お出迎えなら、女がよかったよ」

集合住宅の自室のドアを開けると黒ずくめの男たちがズラリ。

「ゲオル・リヒターさん。仕事場までお送りします」

「引率の先生はいらないよ。はじめてのおつかいじゃねえからな」

「いえ、護衛です」

「それこそいらねぇ！　なにが悲しくて見ず知らずのおっさんどもと一緒に行かなきゃいけねぇんだよ」

「おい貴様！」

「やめろ。……失礼、申し遅れました。我々は国家機密魔導官の者です。我々のボスがアナタに会って礼がしたいと」

「アポもなしに、しかも自宅にまで押しかけてくるたぁ。……なぁんか既視感あるな。いいよ、行こうかい」

ゾロゾロとやってきたことで、オープン前とはいえ従業員たちで店は騒然。

ゲオルは苦笑いをしながら応接室まで足を運ぶ。

「どうも支配人。お騒がせしたね」

「一体これはどういうことなのかな？　ゲオル君」

「俺にもさっぱり」

「いや、いいんだ。突然押しかけてきたのは私のほうだからね」

「黒いコートの美老年。なるほど、ひと目でお偉いさんだとわかりますよ」

「若者にはまだまだ負けないつもりだが、そう褒められると照れるよ。……すまない支配人、勝手を重ねるようで悪いが、彼とふたりにしてくれるかな」

「わかりました。ゲオル君、くれぐれも粗相のないようにねッ！」

「了解」

応接室にはゲオルと国家機密魔導官のボスらしき男のふたり。

出勤直後にこの空気、とてもではないがリラックスはできそうにない。

「……俺に礼が言いたいって？　その前に俺がなにをやらかしたのか話しちゃくれませんか？」

「そう訝《いぶか》しむ必要はない。本当に感謝の念を伝えにきただけだよ」

「感謝ねぇ。おかしいな。オタクみたいなのに優しくした覚えが……」

「ミスラのことは知っているね」

「あ～……ご親族？」

「私の名はコルト。コルト・ガバメントだ」

「やっぱりガバメント家か。今後は事前にアポを取るってのを家訓に入れといてほしいもんだ」

「それはすまなかった。……ミスラは正確には養子として迎え入れた娘でね。だが、ふふふ、呼び方はいつまで経っても『お爺様』だよ。まぁ歳も歳だしな。別に気にはしていない」

「……アンタがここへ来たってことは、なるほど、ミスラが俺に依頼したことを知ってるってことで？」

コルトはうなずく。

自分の力だけでなんとかしようとする彼女が、見ず知らずの他人を頼るという行動を取ったのがコルトにとっては意外だったらしい。

「見守ってたわけね」

「あぁ、あの娘《こ》がそういうことをするだなんて思いもよらなかった。……そう決断させたのは、恐らく君に出会ったからだ」

「出会いから始まる変化？　少なくとも殴りかかられたくらいしか覚えがないいな」

「血気盛んなおてんば娘だ。許してほしい」

「乱暴な女の関わりは、今に始まったことじゃねぇ」

「フッ……さぁ、これは報酬だ。受け取ってくれ」

「……一応聞くが、それはあの娘の金か？」

「無粋なマネはせんよ」

「……そうか。確かに報酬の額だ。ありがたくちょうだいいたしますっと」

ゲオルは報酬を受け取るとソファーから立ち上がる。

「今から仕事なのに悪かったね。なんなら私から支配人に話して休みにしてもらうというのは……」

「オタクは国からお金が出るだろうけどさ。俺はそうじゃないんだ。死にもの狂いで稼がなきゃいけないの」

「……私もまだまだだな」

「遊んでく？　部下の皆様がたも一緒にさ。サービスいいよ、ここ」

「やめておこう。私も失礼する」

「なぁ、一個だけ教えてくれないか？」

「なにかな？」

「ミスラが手柄を急いでいた理由ってわかる？」

「……いや。それがどうかしたのかね？」

「いや特には。今度会うときがあったら、一杯やりましょうや」

ゲオルが去り、コルトも部下を引き連れて歩き始める。

「あれがゲオル・リヒター。魔王討伐に選ばれし七人のうちのひとり……」

「……しかし教団や、彼《か》の国は別のストーリーを用意したようですね」

「うむ……確か聖女ティアリカもここで働いていたな。……彼女とも話をしてみたいが。まぁ今はよそう」

ゲオルとの出会いはかなり記憶に残るものだった。

とぼけたように見えて一分《いちぶ》の隙も見せない。

「……いずれあの男の力を必要とするときがくるかもしれん」

「問題は山積みです。〝例の男〟の件もありますし……彼ほどの実力者なら」

国家機密という暗黒に潜む彼らの目は、ゲオルのまだ見ぬ力へと向けられていた。

◇◇◇

その数週間後、コルトたちの抱える案件とはまた別の事件が起きる。

雨続きの日々の中で、幾人もの市民が刃物に刺されて殺されるというもの。

そんな中、ゲオルは仕事で街を回っていた。

「こんなときに屋根の修理頼むなよな……ったく」

ベショベショになりながらの帰路。

あの日から特に変わったことはなかった。

ただ、連日不自然なまでの雨続きに目をつぶればだが。

「だぁあもう！　降りすぎなんだよ‼　花の水やりでもこんなにやんねぇぞ！」

地団駄を踏みながら住宅のほうへ行こうとしたときだった。

「あん？　傘？」

集合住宅の玄関に無造作に置かれた一本の傘。

開いたままで逆さになり、中には水溜まりができていた。

「傘、誰かの忘れ物か？」

ひょいと拾ったそれを見たとき、なにか不思議な感じがした。

（こんな傘使ってる奴、ここにいたか？）

ここの住民が使うにはあまりに上等すぎる。

少し調べるために一度傘を持ち帰ってみることにした。

「やっぱりただの傘だよなぁ。うん、傘だ……なんで俺、これを持ち帰ろうとしたんだ？」

なぜかこの傘は大事にしなくてはという思いが強くなっていく。

そしてそれは日常において〝強運〟という形で現れていくことになる。

第十一話　ダンサー・イン・ザ・レイン

どこまで調べても、ただの傘。

だが、この日からゲオルは良いこと続きだった。

「あれ？　今日もその傘持って歩いてるんスか？」

「ん、ああ」

「落とし物でしたっけ？　この店にそんな可愛い系の傘を持ってくる客なんていないッスよ？」

「わかってるよ、ンなこと。でもよ、これ持ってから、なぁんか調子狂うんだよなぁ」

「えぇ？　もしかして呪いのアイテムとか？」

「欲しいか？」

「いいい、いらないいらない！　もう俺、仕事行きますから！」

職場に持ってくるのもなんだとは思ったが、気になって仕方がない。

拾った直後に『キャバレー・ミランダ』以外の仕事でガッポリ稼げる日々が続くなんてのは、あまりにできすぎている。

(情報が少ないな。幸運をもたらす傘だなんてよぉ。……ティアリカに見てもらうのもいいかもしれねぇな)

休憩中で屋上にいるティアリカのほうへ行く。

「よう、休憩中悪いね」

「ゲオル？　持ち場を離れていいのですか？」

「時間はかけねぇよ。ブラザーズにも声かけたし」

　さんざん降り続いていたが今は小雨へと変わる。

　簡易式の屋根から雨垂れが滴り落ち、ピチョピチョと音を鳴らす中、彼女は例の傘に神経を集中させていた。

「この、傘ですか……」

「なにかわかるか？」

「アナタはなにも感じないのです？」

「最近、運がいいなってくらいかな」

「もうゲオルったら。……噂に聞いたことがあるんです。『怪人ダンサー・イン・ザ・レイン』」

「やけにポップな名前の噂だな。踊りたくなるね」

「この街に古くから伝わる都市伝説で、夜の雨の中どこからともなく現れて、見た者に幸運を与えるとされる縁起の良い存在なのです」

「ほーん、で、ソイツの傘だって言いたいのか？」

「確証はありませんが、この傘には強い想念のようなものを感じます」

「……お前がそう言うのなら、信じるよ。だが、なんでそれが？」

「アナタの住まいの付近の方々にお心当たりは？」

「すでに確かめた。誰もそんな傘知らねぇってよ」

「アナタはこれをどうする気なんです？」

「持ち主捜して、なんであそこに置いたのか聞く。適当に置いたにしては、ちょい引っかかるからな」

「まるでアナタに拾われることを望んでいたかのように……」

「だな。でもいらね」

「どうして？」

「……タダより高いものはない」

「堅実ですね。では私も協力しましょう」

「そう言ってくれると思ってたよ。元聖女の感覚が物を言う……ん？　おい、なんだその手は？」

「手間賃をいただきます」

「はぁ!?」

「あら？　私なくして捜せますか？」

「……売れっ子バニーガールが貧乏人にたかるのか？」

「でも今はとても稼いでいらっしゃるんでしょう？」

「……ホンット言うようになったねぇ。わかった。この件が終わってからでいいだろ？」

「踏み倒しはご法度《はっと》ですよ」

「信頼は裏切らない。これ俺のモットー。昔からそうだったろ？」

「……」

「おい黙んな」

後日、ふたりは時間を見つけては捜索にあたった。

元聖女としての『幻妖』の気を読み取る超常的な感覚で、ゲオルでは探れなかった新しい手がかりを手に入れていく。

「おい、マジでこれ……ダンサー・イン・ザ・レインのなのか⁉」

「間違いありません。かの存在は二週間前にこの通りにいました。当日は雨。その傘を持って踊っていたのです。人通りは少ないので、目撃証言はなさそうですが……」

「あぁ、誰もそんな存在を見ちゃいない。でも、なんで傘を……？」

「それが、急にノイズがかかったようになって……。そのときの様子が見えなくなってしまいました。でもその存在が突然苦しみだしたのはわかります」

「肝心なことはお預けか」

ダンサー・イン・ザ・レインになにがあったのか。

考察するふたりに水を差すかのように、また雨が降ってきた。

駆けつけ一番雨宿り。

だが雨足は強まるばかりだ。

「おい、ここバーらしいぞ。中に入ろう」

ドアを開けると、小さな間取りと薄暗い雰囲気の中で紳士然とした店主がグラスを拭きながら出迎えてくれる。

「ひどい雨降りですねぇ」

「まったくだ」

「すみません。突然押しかけてしまって」

「かまいません。さ、どうぞおかけに」

「安いのでいい。一杯頼むよ」

「……」

「ツケの心配ならしなくていい。俺は酒に敬意を払える男だ」

ふたりともマスターから視線を外していた。

ゲオルが顔を下に向けながら手で顔を拭っていると、カウンターからコトリと小気味よい音とグラスと氷の音がする。

しかし目の前に出されたのは水だった。

「……サービスが下手なのか、ジョークが下手なのか、悩むところだな」

「どちらでもないサ」

「なにっ⁉」

「え？」

顔を上げるとマスターの姿はない。

その代わりにピンク色のショートヘアーの少女が目の前に立っていた。

「飲まないの？」

「……手品もサービスか？」

「先ほどのマスターはどこに？」

「安心しテ。ベッドでちょっと眠ってもらってるだけダカラ」

警戒するふたりにケラケラ笑う少女。

彼女からは敵意も殺意も一切感じず、変幻自在、神出鬼没が少女の形をしているかのようで掴みどころがない。

「私知ってるヨ。最近ダンサー・イン・ザ・レインを嗅ぎ回ってる人たちだよネ？」

「有名人らしいからな。気になるんだ」

「アナタはなにか知っているんですか？　もしも知ってることがあれば……」

「ダンサー・イン・ザ・レインはまた人殺しをスル」

「……なんだって？」

「今のアイツは血に飢えた怪物。恐らく今夜あたり……。私じゃ止められなかっタ。だから、止めてほしい」

「ちょっと待ってください！　なぜアナタにそれがわかるのです！」

「お前まさか……あ！」

突然目の前の少女は消えていなくなっていた。

残された水ふたつが灯りによって切なく煌めいている。

「ゲオル、あの少女は……」

「……今夜ダンサー・イン・ザ・レインは人を殺すってよ。ここまできてガセネタってことは恐らくない」

「じゃあ……」

「俺は今夜街を見張る。お前は？」

「私も同行します。前の事件のこともありますので」

「じゃあ、真相を確かめなきゃな。傘を返すのはそのあとだ」

いつの間にか雨は上がっていた。

ふたりは店をあとにし、夜に備えた。

第十二話　張り込みしながら殺人鬼を待つ

夜の街、雨こそないが湿り気と怪しい陰りがずっしりと街に横たわっていた。

殺人が起きる夜には、うってつけのシチュエーションかもしれない。

ティアリカとゲオルは『キャバレー・ミランダ』の屋上から、そんな街の様子を俯瞰していた。

「嫌な予感しかしねぇな」

「こんなに胸がざわつくのは久しぶりかもしれません……」

「しっかし、これじゃ衛兵の張り込みだな。暇で仕方ねぇ」

「あんパン……」

「俺はジャムパン派」

お互いそんな軽口を叩きながら待つこと四時間。

ティアリカは無口になり、ゲオルはパイプ椅子を持ち出して座り込む。

暗雲と宵闇が深くなり、生温《なまぬる》い風が緩やかに頬を撫でたときだった。


キャァァァアアアアアアッ!!


この悲鳴でふたりの意識が一気に戦闘モードへ覚醒した。

「南のほうだ!!」

「はいッ!!」

屋上から飛び降り、なにごともなかったかのように爆走していく。

ふたりの移動速度は凄まじく、現場に着くまでそう時間はかからなかった。

「テメェ!!」

「な、なんてこと……!!」

凄惨《せいさん》な現場。

建物の壁に寄りかかるように血を流す女性。

その傍《かたわ》らに『奴』はいた。

血濡れた鳥籠のような帽子と布で顔を隠し、漆黒のマントにも似たコートを羽織り、周りには仄暗《ほのぐら》い霧状のモヤがかかっている。

とてもマトモな人間ではない。

幸福の怪人は殺人鬼へと成り果てていた。

「よぉイカレ野郎。殺し足りねぇだろ……？　俺が相手になってやるよ」

怒りを滲ませた笑みと眼光を向けながらゲオルは一気に距離を詰めた。

ダンサー・イン・ザ・レインは格闘には慣れていないのか、もろにゲオルの拳や蹴りを受けている。

「ヴヴヴ……」

「待て、逃げんな!!」

「ゲオル！」

「お前は衛兵を呼べ！　あと、できるのなら〝蘇生〟も!!」

「わかりました！」

ゲオルはダンサー・イン・ザ・レインを追う。

お互い超人じみた速さで広い大通りや入り組んだ裏路地を疾駆していた。

「なぁに逃げてんだオラァ!!」

仕掛け大鎌を取り出し、すかさず斬りかかる。

狭い通路ゆえ、刃部分と壁が擦れることで火花と甲高い音が鳴り響いた。

これには超常的な存在とて、自らに舞い降りる死神の鎌への恐怖を感じ取ったようだ。

危機一髪といったところで天高く飛び上がり、屋根や屋上を移動しながら夜闇へと消えていった。

「……逃げ足の速い野郎だ」

「ゲオル！」

「ティアリカ。おい、被害者はどうなった？」

「なんとか一命は。今は衛兵の医療班の方々に引き継いでいます」

「ふぃ～。間一髪ってところか」

「……ダンサー・イン・ザ・レインは？」

「逃げ足だけなら俺より上だな。戦いには慣れてないって感じだ」

「これからどうするのです？」

「言わなくてもわかるだろ」

「でも、どこに潜んでいるのか……」

「それを知るための、あの傘」

「傘？」

「そ、いい考えがある」


次の日にゲオルが実行したのは……。

「棒占いならぬ、傘占い。ホラ、倒れた方向に進むってやつ」

「仕事戻っていいですか？」

「まぁ待て。これは幸運の傘だぜ？　今の俺はラッキーガイ。そんでお前は？」

「ただの従業員《バニーガール》です。……けど」

店の外で作戦を練るふたり。

ティアリカがチラリと店のほうを見ると支配人が親指を立ててニッコリしていた。

「行ってこいってよ、酒の聖女様」

「せめて着替えさせてくれませんか⁉」

「いいじゃないの～。久々にその格好で戦うの見たくなった」

「目の保養とおっしゃりたいんでしょうけど、場所と状況を選んでくれませんかね？」

「……お前がその格好で一緒に来てくれたら、俺もっと頑張っちゃう」

「調子いいんだから」

傘を倒してはその方向に進んでいくうちに、人通りは少なくなっていく。

バカみたいなやり方の癖に、邪悪な気配は色濃くなっていった。

「もしかして近くに？　ずっと見張っているのでは……」

「いや、恐らくまだだ。奴も気配は感じてる」

「あの殺人鬼をおびき寄せましょう」

「どうやって？」

「幸い私の顔は割れていません。私が囮《おとり》になりましょう」

「……その格好《カッコ》で来るんじゃなかったな」

「襲いやすそうだから？　それとも場違いだから？」

「……全力で守る。で、方法はどうする？」

「歌でも歌いましょう」

「歌ァ⁉　ここでか⁉」

「これでも評判いいんですよ？」

「いやそういうことじゃなくて……」

「煮え切りませんね。この格好ならもっと頑張ってくれると言ってくださったのは、どこのどちらです？　そもそもですね」

「あーいやわかった。それでいこう」

こんな場所と状況でなければ、ゲオルももっと喜べただろう。

瞳を閉じて、口をすぼめるように息を吸ってから、全身で表現するように美声を周囲に響かせた。

かつての旅の中でも鼻歌は聴いたことはあるが、ここまで美しい歌声は聴いたことがない。

どんな暗闇にも負けない澄み渡る声調。

かつてこの声で、聖女としてすべての希望を謳《うた》ったかもしれない。

ゲオルが心地いい気分になっていると、気配が濃くなったのをいち早く感じ取った。

ちょうどゲオルが隠れているほうの向かい側。

（へっ、飛び掛かろうとしてやがるな？　ん、武器が変わったな。……なるほど本腰入れるってやつ

だな)

ダンサー・イン・ザ・レインの武器は自身の身長ほどある棍《こん》。

鋼鉄のそれを振り回しながら一気にジェット気流気味に跳躍。

それに合わせてゲオルも仕掛け大鎌を構えながら躍り出る。

「そぉおら!!」

「……ッ!」

刃の煌めきが暗闇を照らす。

血に飢えた怪人を貫くように大鎌を振り回した。

敵は本能的に察したのか、棍で受け流したりすることなくしっかりと躱してゲオルに肉薄してくる。

頭上で棍を高速回転させながら振り回してくる連続攻撃を避けるため、ゲオルの神経も研ぎ澄まされていった。

「ゲオル、加勢します!」

「おう、一緒にぶっ潰すぞ!!」

ふたりがかりで囲み、右からも左からも攻撃を浴びせていく。

息もつかせぬ勢いにのまれ、防戦一方になるダンサー・イン・ザ・レイン。

「アナタを放置しておけば、さらに被害が増えるでしょう。我が力で〝浄化〟します!」

ティアリカの聖属性の魔術によって顕現した大槍がダンサー・イン・ザ・レインを貫いた。

断末魔の声は上げないが、隙間から覗く瞳には驚愕と憎悪がひしひしと伝わる。

「観念しろ。もう、お前に明日は来ない。血の雨が降ることは決してない」

ダンサー・イン・ザ・レインの手から棍が滑り落ち、虚《むな》しい金属音を響かせる。

だらりと下ろした手を見ながら殺人鬼は、ワナワナと震えていた。

そしてゲオルを、続いてティアリカを憎たらしそうに睨みつける。


「気をつけテ！　ソイツはまだ諦めてナイ!!」

第十三話　雨に踊れば

うしろから、あの少女の声が聞こえた。

振り向きこそしなかったが、ゲオルはその言葉を信じて目の前の怪人に注意を向ける。

グチャグチャと衣装の中から奇妙な音が立った。

液体のような、生肉のような、液体と固体の中間あたりの物質が蠢《うごめ》くような音が。

ティアリカも顔をしかめながら構えた。

ゲオルは、目を少し見開きながらも冷や汗を頬に伝わせる。

どす黒い液体じみた輪郭の腕が数本。

その手には柄《つか》のない禍々《まがまが》しい刀身が握られていた。

いや、刀身と言うにはあまりにも闇色すぎる。

魔力からなのか、それとも……。

「これが奴の正体。……『ニグレド』と言われる暗黒生命体サ」

少女はゲオルの隣まで歩いてくると、自らの武器を携える。

それが『ゲオルの拾った傘』とわかったときは、思わずゲオルとティアリカも二度見した。

「これ、返してネ」

少女は少し微笑み、小さい子を諭《さと》すような優しい声色でそう言った。

「ニグレド？　なんだそいつは……生命体だと？」

「別名『伝承喰らい』。怪人ダンサー・イン・ザ・レインの伝承を喰って力を得た」

「突拍子もねぇ話だな。だがいいだろう！　黒く染まった伝承を終わらせてやる」

「私も協力スル。だから……」

「では、心して掛かりましょう！」

ふたりの先頭に立つようティアリカが前へ出る。

彼女が出ることによって、ダンサー・イン・ザ・レインの表情が心なしか険しくなった。

「この私の首、見事討ち取ってごらんなさい!!　アナタにその覚悟があるならば！」

凛《りん》としたティアリカに、これまでにないくらいの速度で肉薄し斬りかかる。

（さっきと動きが全く違う！）

ティアリカのバックステップと同時に、ゲオルが前に出る。

大鎌を振り回し、ダンサー・イン・ザ・レインに斬りかかった。

奴からも反撃の凶刃が無数に繰り出されるが、ゲオルは後れを取らない。

さらにティアリカのアシストは効果テキメンだ。

「火力を上げます！」

「バフ上げサンキュー!!」

「アナタたちだけじゃないよ。援護スル」

少女は前に出た。

怪人が触手じみた腕を伸ばし、少女に向かって刀の切っ先を突き出す。

ゲオルは対応に追われて間に合わなかったが、心配はいらないようだった。

少女は傘を開くと迫りくる刃をいとも簡単に弾き返す。

傘に魔力でも張り巡らされているのか、傘に傷ひとつ付けることすら叶わない。

あらゆる干渉から身を守る防御、そして――――。

「テメェが何本か攻撃をアイツにまわしてくれたお陰で、付け入る隙を見つけ出すことができたぜ。

お前のマヌケさに感謝だな」

「おや、それを言うなら殺人鬼に立ち向かう私の勇気に感謝してほしいナ」

大鎌と傘による、すれ違いざまの十字斬り。

黒ずんだ血飛沫《ちしぶき》が上がり、そして下卑《げび》た断末魔が聞こえた。

ボトボトと肉体たる闇が消えていく最中、怪人はティアリカに手を伸ばす。

憎々しい視線を向けながら、「せめてお前だけでも」と言いたげに両腕で這いずり寄るも、とうとう力尽き、最終的には奴の衣服のみが残った。

「ふぅ、被害者はひとり……だが死人はいない」

「危なかった、ですね。決して弱い相手ではなかったから……」

「……ナイスアシスト、助かった」

「アナタもありがとうございま……あれ?」

先ほどまでいた少女は、奴の衣服とともに消えていた。

「あんのやろ……俺の傘を」

「アナタの傘ではないでしょう。きっと元に戻ったんですよ」

「……もうちょっと持ってたかったかな」

大事《おおごと》になる前に事件は終息。

あんな化け物が街で好き放題していれば、被害は以前の少年のときより遥かに上回っていただろう。

人知れずして街を守った。

この事実を今だけは噛み締めよう。

絶望の夜は開けて、新たな一日を迎えるのだから。


次の日からいつもどおりの日常が始まった。

ゲオルは『キャバレー・ミランダ』を中心にほうぼうを駆け回り、ティアリカは客の相手で大忙し。

だが依然として大雨の日々が続く。

そろそろ鬱陶《うっとう》しくなってきたときだった。

「なんだよ。あのバケモン倒して『はい終わり』じゃねえのか？」

「まだなにかあるのでしょうか？」

仕事終わりの夜道。

ふたり並んで歩いているときに、まさに不可解なことが起きる。


――文字どおり雨が止まった。


空間に固定されたように、雨粒が宙で止まって落下しない。

そればかりか周囲の動きまで止まってしまっている。

雨垂れに濡れるネオンの輝きも、誤って零したビールもすべてだ。

「なんだこれは。時間が止まってる……全部だ」

「ゲオル、あれを！」

ティアリカの指差す方向に〝それ〟はいた。

鳥籠のような帽子からのぞくピンク色の髪に微笑みを絶やさない艶やかな肌。

漆黒のマントにも似たコートをまとって手には傘を持ち、陽気に口笛を吹きながら歩いてくる。

それは、あの少女だった。

「やっぱりお前が……」

「本当に、ダンサー・イン・ザ・レイン？」

「ありがとう。君たちに改めてお礼をしに来たんだ。本来の姿を取り戻せた」

「お礼って、どうする気だ？」

「――――見てて」

傘を天高く掲げる。

次の瞬間、また時間が元通りに動き始め、土砂降りの景色になった。

しかしその数秒後、雨が弱まっていくとともに光が降り注いでいく。

暗雲は瞬く間に立ち退き、満天の星と月が顔をのぞかせた。

その輝きに街の住人のみならず、ゲオルとティアリカもまた驚愕と歓喜に表情を明るくさせる。

「すごいじゃないか！　これはお前が……――――あれ？」

先ほどまでいた彼女の姿はもうなかった。

雨とともに現れ、雨とともにいずかたへか去る。

ふと、小鳥たちのさえずり声が、頭の中で彼女の口笛とかぶった。

ほんのちょっぴりの間だったが、この奇妙な出会いに感謝の念を持たざるを得ない。

「行っちまったか。……ん、なんだこれ。これは……手紙か？」

便箋《びんせん》を開けてみるとギョッとする。

『また会おうね私のヒーロー。大好き』

文章の最後に打つピリオドの代わりに、薄いピンクのキスマークが添えてあった。

伝説的な存在からのラブレターめいたものを貰って戸惑うゲオル。

「やれやれまいったな。大先輩からファンレター貰っちまった」

「ふふ、文通でもしますか？」

「冗談。性《しょう》に合わねぇ。ま、良い宝物だな」

「えぇ、本当に」

ふたりは優しい星月夜を見上げる。

惨劇の血の雨の予兆を防ぎ、満天の星のもと、人々は安らかな眠りにつくことができるのだ。

たとえ、また雨が降ったとしても――。


「～、～♪」


夜になれば、雨に混じって口笛と軽快な靴のタップ音が綺麗に響いて、見る者に幸福を授けるだろう。

ただ彼女は、人々に与えたい。

たとえこれから先、永遠に恐れられるかもしれないとしても。

――ダンサー・イン・ザ・レインは雨の中で踊りたい。
――誰かの幸せを心から願っている、そういう存在だから。

第二章

CHAPTER 2

第十四話　こないだ捕まえたアイツが死んだ

『キャバレー・ミランダ』の臨時休業。

数日間はまかないや報酬は期待できない。

しかも繁忙期を過ぎて、だいぶ暇になった。

そもそも、こんなトリッキーな仕事が常に忙しいわけがない。

「……街でも歩くか」

安息とばかり自宅でゴロゴロしていたがそれすら滅入《めい》ってしまい、着替えを済ませてゲオルは出かける。

だいぶ、この街にも慣れてきた。

集合住宅を出てから東の曲がり角で待機している、古い駅馬車なんかはもう見慣れた光景だ。

御者《ぎょしゃ》は時間まで動かず、新聞を読んでいる。

顔見知り、かもしれないが話したことはない。

彼を横目に見ながらゆっくりとした足取りで公園へと向かう。

公園に人はまばらで、適当なベンチにもたれかかった。

「見上げりゃ青空、本日は快晴ナリってか。……仕事でも降ってこねぇかなぁ」

公園全体に視線を落とすと大人数人がタバコをくゆらせながら新聞の紙面にたむろしていた。

(タバコか、最後に吸ったのいつだっけ？)

記憶をたぐり寄せようと、しばらくぼんやりとしていた。

だがうしろからの声でそれは一気に消し飛ぶ。

「ゲオルさん、珍しいねこんなところで」

「ユリアスか」

「なにしてんの？　待ち合わせ？」

「い〜や、最後にタバコ吸ったのいつだったかなぁって」

「はぁ？」

「変と思うだろうが事実だ」

「……誰かと待ち合わせしてるのかなって」

「職場のほかに待ち合わせができるほどの熱い関係ってのがなくてね。ティアリカに至ってはご友人たちとお楽しみバカンスだよ……ったく。あれ、お前は？」

「ボクは群れるの好きじゃないから……」

「お、俺と同じだな。どうだい。ぼっち同士軽くカフェでもよぉ」

「……時間的にイイかもね。小腹がすいてたんだ」

ふたりで近くのカフェに入り込むと適当な席に座った。

コーヒーを飲みながら適当に軽食を済ませる。

ユリアスは新聞を広げ、ゲオルは窓の外を見やった。

気まずさは一切ない。

お互いの静寂に無闇に踏み入らない暗黙のルールが、妙に心地よかった。

（コイツ、食べるときの仕草が妙に上品だったな。……暗殺者特有の仕込みか。それか料理人としての敬意とプライドゆえか）

どちらにしても彼女はどこにでも入り込めるだろう。

「コーヒーのおかわりは？」

「いや、俺はいい」

「そう、……すみません。コーヒーもう一杯」

ユリアスは新聞を折り畳んで、ゲオルと同じく窓の外を眺めると、ふいに自分から話を切り出した。

「ゲオルさんって、よく人を観てるよね。観察力があるっていうか」

「俺をおだててなにを引き出そうってんだ？　今ならベラベラしゃべっちまうぜ」

「単純男……」

ゲオルが密かにユリアスを見ていたことはとっくに見抜いていたようだ。

その意図をくみ取ったのか、彼女は自身のことを話し始めた。

「……色々学んだのさ。どんな場所にも紛れ込み、いかなる状況でもターゲットを殺せるように。歴史に地理、薬学、医学、言語、礼節、そして料理」

「完ッッッ璧超人じゃねぇか！」

「あと建築と芸術もね」

「……アンタ、なんで『キャバレー・ミランダ』に？」

「さぁ、なんでだろうね。別にどこでもよかった。過去を忘れてそれなりに静かに生きられればって。この街に来たときに、たまたま目についたのがあのキャバレーだったんだ」

「なぁるほど。料理人ならそこまで表に出ることはないからな」

「ただし人手不足。腹が立つよ」

「悪いな。俺にできるのは千切り皮むき皿洗いくらいなもんだ」

「別にいいよ。あ、因《ちな》みにだけど……以前はティアリカも厨房に立ってたんだよ」

「……マジ？」

「キャバレーに来て数日くらいだったかな。人手不足の惨状を見て、自分も力になるって言ってさ。ビックリしちゃったよ。彼女確かに体力はあるけど、連日それやったら身体壊れちゃうよ。だからボクは必死になって止めたんだ」

「……どうやら返してねぇ借りがあったようだな」

「いいよ気にしないで。ティアリカが元気ならそれで」

「今日は俺の奢りだ」

「それは……いや、うん、ごちそうさま」

カフェを出たころには正午を過ぎていた。

爽やかなそよ風とともにユリアスは別方向へと歩く。

変わったひと時だったな……。

ユリアスの朗らかな表情がふとよぎる。

職場だと時間と仕事量に追われて冷徹そのものな顔なのだが、あの表情は初めてだ。

「やることなくなっちまったな」

ニヒルに笑みながら目を細め、建ち並ぶ店舗を眺めながら歩みを進める。

ふとタバコのことを思い出した。

「ここらへんにタバコ売ってるところねぇかな。久々に……」

すでに踏み消されたタバコを拾って再度くゆらせる浮浪者を横目に、ゲオルは久々のタバコを手に入れた。

銘柄は特に気にはしない。吸えればいい。

「あら、こんなところでなにをしているの?」

「喫煙。ガキはどっかいけ」

「また私をガキ扱い……」

ミスラは部下に指示を出して先に帰らせる。

「……ずいぶん悪人を逮捕したんだな」

「今日で四人。なんでかしらね」

「お前が近くにいるからって、俺はタバコやめねぇぞ」

「いいわよ別に。タバコ臭い場所なら慣れてる。あのキャバレーだってそうでしょ？」

「そういやそうだな」

「……今日仕事は？」

「生憎《あいにく》暇を持て余してるんだ。キャバレーも臨時休業」

「生活大丈夫なの？」

「なんとかやりくりすんのが庶民なの」

「大変ね」

「ご貴族様は庶民が安心してやりくりできるよう頑張ってくれよ」

「はいはい。……ねぇ今、時間あるのよね？」

「そうだな。絶賛暇」

「じゃあちょっと基地まで付き合って」

「デートスポット選びのセンス皆無か、お前？」

「違うわよ。ホラ、こないだ捕らえたガキンチョいたでしょ」

「ガキンチョってお前とそう歳《とし》変わんないだろ……。あぁ、なんだ？　いきなりマッチョにでもなって脱走でもしたか？」

「いいえ、死んだ」

「死んだ!?」

あの事件のことは鮮明に覚えている。

この街に来て最初の事件だ。

容疑者の自称格闘の心得がある少年。

メリケンサックと股関節の硬さが目立つキックが印象に残っている。

「……歩きながら話すわ。タバコ消して」

「歩きタバコ！」

ミスラの忠告を無視し、紫煙《しえん》をくゆらせる。

しかしミスラに歩きタバコ禁止の立て札を指差され、しぶしぶタバコを始末する。

街の賑わいが遠のいていくにつれ、荘厳な雰囲気の建物と衛兵たちの規則正しい立ち並びが見えてきて、緊張感を覚えた。

ミスラは慣れたように前に進み、彼らからの敬礼を受ける。

「これじゃ俺が連行されてるみたいだな」

「静かに」

黒の古城を増改築し、分厚い城郭と防御回廊に守られた要塞。

重苦しい扉は開かれ、軍人たちの世界へと引き込まれていく。

「ここが、あのガキンチョがいた牢屋。道中で話したとおり、死んだと言っても病死や自殺じゃない。

明らかな他殺」

「……暗殺か？」

「かもね。上層部は獄中で病死したということで済ませるらしいわ。ずいぶんと手際のいい指示ね」

「……それで、俺にどうしてほしいんだ？」

「私と手を組んで」

「お前と？」

「えぇ、アナタと私で真実を突きとめるの」

彼女のこの瞳には見覚えがある。

苦手な輝きだ。

危険と災厄を呼びかねない安易な希望の……。

「上が隠したがるレベルだぞ？」

「……アイツは、確かに殺されてもしょうがない奴だった。でも捕まえた以上キチンと法で裁かれないといけない。でもそんな機会すら失われてしまった。……私の、いえ、私とアナタの手柄なのに！」

「ミスラ……」

「報酬は出すわ。お願い協力して」

頭を下げようとするミスラを止めてゲオルは軽く溜め息をついて微笑んだ。

「とりあえず話聞かせろ。こちとら『何でも屋っぽいの』だ」

「!!　……えぇ！」

第十五話　ユリアスに相談だ

一度基地を離れたふたりは石畳を道なりに並んで歩き、小さな公園へとおもむいた。

古いベンチくらいしかなく、ところどころ雑草が生い茂っており、人の出入りがほかと違って極端に少ない。

もはや打ち捨てられていると言っても過言ではないだろう。

「さて、ここならいいでしょう。……あのガキンチョが死んだのは今から6日前。死因は頭部をハンマーのような重量あるもので……」

「あっは～……ガツンってわけね」

「そ。抵抗や助けを求める隙も与えずに一撃で」

「とんでもねぇな。見張りはなにしてた」

「丁度交代の時間帯でね。その間の空白を狙われた」

「ずいぶんとタイミングがいいな。となると、軍関係者か？」

「全員洗ったけど、真っ白よ」

「ふ～ん、となると第三者の線と……あ、そうだ。お前、『ニグレド』って知ってるか？」

「あの伝承喰らいの？　確かにこの大陸ではわりと有名だけど……ニグレドがやったって言いたいの？」

「ダンサー・イン・ザ・レインのことは知ってるだろ？　なんかこう、そういうのでないか？」

「ん～、そういう線もなくはないだろうけど……」

「……まぁ、範囲が広すぎだわな」

「ニグレドは各地の伝承を概念的に取り込み悪性新生物として顕現する、いわばウイルスのようなもの。そういう奴らは本能にしたがって動くから……」

「わざわざ誰にも見つからずに牢屋まで忍び込んで殺人っていう手間はかけないってことか。となれば第三者だな。被害者もいるし怨恨の線もある。あのガキにはどうしても死んでほしかった。だから殺した。直接殺したのか、それとも暗殺者を雇って殺させたのか、か」

「これまでの話でなにかわかったことある？」

「……さっぱりわからん」

にこやかに返答したところで話は一旦終了となる。

「こういうのは自分の足使って調べるのが一番だ。なにかわかったら連絡寄越す……ところだが、連絡手段はどうする？」

「私がなんとかする」

「そっかぁ、いや、俺も考えよう。まぁ今から調査してみるわ。報酬期待してるぜ？」

「えぇ、また弾んであげる」

貰えた仕事の危険度と難易度、報酬への期待感に舌なめずりしながらここらへんで怪しい人物を見なかったかを聞いて回る。

だが六日前のことだ。

誰も覚えてないだろうし、なによりこれだけの人口の街だ。

（こりゃ折れる骨がなくなっちまいそうだな……情報収集つったって、基地でなにが起こったかどうかなんて一般人にわかるわけねぇもんなぁ）

誰も彼もが基地付近で怪しい人物を見なかったと言う。

街の中でなら質《たち》の悪いチンピラや強盗などは見かけたというが……。

「はぁ～どうするかね。……暗殺、かぁ」

ユリアスの顔が思い浮かぶ。

餅は餅屋、専門家に聞くのがよい。

目的変更。

ユリアスがどこに住んでいるかの聞き込みを開始したら、予想以上にすんなりと聞き出せた。

彼女は人望があるらしく、なにより同性からの人気が高い。

訪れた場所は、これまで来たことのある住宅区よりも色々と整備されて、綺麗な光景広がる住宅地。

道の脇に並ぶ街路樹沿いに歩きながら、ユリアスの家があるほうへ向かった。

「ここか……おーい、いるか？　……もしもーし」

ノックを二～三回、そのあとドアノブをガチャガチャと回す。

「そういうのやめてくれる？　ドアノブが傷《いた》むから」

「うお!?　いつからそこに……」

「あれ、ずっと君のうしろ歩いていたんだけど……。ふーん、気付いてなかったんだ」

「さすが専門家。入れてくれねぇか？　話がある」

「……ふ～ん、手ぶらでねぇ」

「……菓子折り買ってくる」

「あはは、冗談だよ。君には大変世話になってるからね。さぁどうぞ」

鍵を開けた部屋の内装は清涼感が漂っていた。

キッチン周りには汚れひとつなく、本やビンなどはキッチリと並べられている。

ひと言で言えば……。

「俺の家とは大違い」

「想像に難くないね。まぁ座りなよ。ワインでもどう？」

「いや、実は今、仕事中でね」

「君に仕事？　よかったじゃないか。……でも、ボクを捜していたのはなんで？　ずいぶん人に聞き回ってたみたいだけど」

「それすらもお見通しかい」

「情報網って言うのは、色んな人間が色んなところに張り巡らせているものさ」

「おみそれいたしました……」

「それで、ボクに用事なんだろう？」

「あぁ、一度、まぁちょっとした無神経な好奇心で聞いちまうんだが、アンタはずっとこの街で料理人をして、もう、殺しとかは……」

「……あぁ、つまりこう言いたいわけか。ユリアスは元暗殺者とは言っているが本当に現役を退いているのかって。なぜそれを今になって聞くのかは知らないけど、少なくともその質問の仕方じゃボクじゃなくても速攻ではぐらかされるよ？」

「……だろうな」

「ふふふ、当たり前だよ。自分の裏の仕事をいとも簡単に明かすわけがない。ボクの場合はあの場でふたりきりで見破られる形にはなったけど、ティアリカのことで君を信頼してるからね。……もう誰も殺してない。これはまぎれもない真実だよ」

「なるほど、野暮《やぼ》な質問だったな。うし、じゃあ今度は専門家としての意見を聞きたい。軍基地の牢屋に囚われてる囚人を殺すことは可能か？　ただし、殺しの方法は強い力で頭をぶっ潰す。この一択！」

「……は？」

まあ当然の反応である。

しかし親切にもユリアスは考えてみてくれた。

足を組み、指を顎に当てて目を閉じる。

「……細かいこと言うけどさ、暗殺って難しいんだよ」

「そりゃわかってるよ」

「わかってるのならありがたい。実際下準備がすごいんだから。潜入先の間取りを頭に叩き込む作業、さらにはどういうセキュリティー対策を組んでるか。見張りの配置にシフト、人の出入りの頻度に道具の選定、対象の人物がどの時間帯にどの場所にいるかとそのルーティーン、エトセトラエトセトラ。

わかる？　それだけ入念にやっても当日成功するかの確率は理不尽に変動する」

「気が遠くなるねぇ」

「……暗殺業なんてそんなもんさ。地味・オブ・地味。さらにスムーズに仕事を片付けたい場合は、手引きしてくれる内通者の存在が望ましい」

「生々しいな……」

「で、君の質問に答えるとだ。軍基地相手に忍び込むのは並大抵じゃない。もしも忍び込むっていうのなら手引きがいる。仮に牢屋までうまく辿り着いたとしても……問題はそこからだよ」

「誰にも気付かれずに、頭をグシャー。スイカ割りみてぇにな」

「牢屋だからなあ。逃げられはしないけど騒ぎはするだろうし、動き回れないわけじゃない……。それすらさせずにわざわざ頭をでしょ？」

「これが謎なところだ。『誰が』、『どうやって』、肝心な部分が抜けてる状態だ」

「これからどうする気？」

「また地道に動くさ。それしかねぇ」

「探偵みたいだね」

「転職しようかな」

「やめてよ。〝アイツ〟みたいなのが増えたらたまったもんじゃない」

「……アイツ？」

「出会えばわかるよ」

「……ま、いっか。ありがとよ。何度も付き合わせちまって」

「いいさ、ボクも暇だったからね。あ、そうだ」

「ん？」

「今夜あたりご飯でもどう？　どうせひとりでなにか適当に済ませるつもりでしょ？」

「飯《めし》？　いやいや、俺は……」

「別にレストランとかそういうんじゃない。ここでさ。ワインも出そう」

「え!?　アンタの飯食えるのか!?」

「腕を鈍らせるのはマズい。最高のおもてなしをさせてもらうよ。仕事頑張って」

「こりゃ幸先《さいさき》がいい」

先ほどよりも朗らかにゲオルは街中へと進んでいった。

第十六話　探偵ウォン・ルーとの拳法対決

あの少年に殺意を抱く人間とは？

被害者を探っても貧乏人や身寄りのない者だったりで、とてもではないが綿密な殺しができるとは思えない。

その他の線を洗うべく、店舗の建ち並ぶ小道を歩きながら、調査をしていたところだった。

「おい！　おいったら！　聞こえてんのか！」

「あん？」

男の声だ。

やけに荒っぽく、その雰囲気はまだ少年っぽさを感じる。

「お前だな！　俺の街で『何でも屋っぽいの』なんてふざけたことやってる男ってのは！」

「やる気溢れるアットホームな仕事になんてこと言いやがる……おたくは？」

「ふん、オレはこの街で長く探偵をやってるウォン・ルーってモンだ！　やい、お前！　先輩に挨拶もなしに勝手に看板かかげて商売しようなんざ、ずいぶん生意気なことをしてくれるじゃないか、ええ!?」

「先輩って……まぁ広義的に見れば？　でもアンタは探偵だろ？　俺は……」

「うるせぇ！　探偵だけで食っていけるほど甘くはないんだッ！　飲食店のバイトに屋根裏修理のバイト、その他もろもろかけ持ってんだ！　……それなのに、お前が来てからバイトが激減だ！　あの雨続きの数日なんか仕事なさすぎて散々だったんだぞコノヤロウ！」

「そりゃご愁傷《しゅうしょう》さまだな。運がなかったんだよ。それで？　俺は今仕事で忙しいの」

「仕事？　おい、その仕事、報酬はたんまり出るのか？」

「さぁねえ……相手の気分次第だからねえ。貰えても昼飯夕飯で消えるだろうな〜」

「オレに嘘をつこうってのか？　オレはこういうのに鼻が利くんだ」

したり顔で近づいてきて仁王立ちする自称・探偵の男。

ゲオルよりかは小さいが、鍛錬を続けてきた者の風格がそこにあった。

「お前の顔を見ればわかるぜ？　でっかいヤマ、ガッポリ報酬、だが難航してる、そうだろ？」

「はぁ、さすがは大先輩……」

なるほど、ユリアスが言っていた〝アイツ〟とは彼のことなのかもしれないと、ゲオルは思った。

「いよっし！　この大先輩のオレが手伝ってやる。その分け前でこれまでの無礼を許してやる！」

「は？　分け前？」

「安心しろ。全部奪っちまうってほど、このウォン・ルー様も鬼じゃない。そうだな。六：四でい。オレが六だ。かなり良心的だろ？」

「はぁ!?　テメェふざけてんのか!?　これは俺のお得意様の依頼なんだ。先輩かなにか知らねぇが勝手に首突っ込まないでくれねぇか！」

「な、なにをぉ〜〜ッ!?」

ウォン・ルーは一気に顔を赤くして、これまで抑え込んでいた闘気をこれみよがしにゲオルに放った。

「オレの仕事を奪いまくった挙句、手柄も奪いまくるってのか！」

「それはアンタの営業努力不足なんじゃあないですかねえ大先輩!?」

「言いやがったなッ！　もういい、どうやら一度痛い目に遭わないとわからねぇみたいだな……ッ」

ウォン・ルーの構えは思った以上に腰が低い。

両の掌を前にして指を曲げて構える様は、獰猛なる虎が獲物を狙うが如く。

「やれやれ、アンタもそういうクチね」

「……お前もか」

野次馬が集まってくる。

ウォン・ルーを知る人間は多いようで、彼の喧嘩を賭けの対象にする者も少なくない。

「おい、相手って……」

「あぁ、『何でも屋っぽいの』のゲオル・リヒターだ。アイツも腕が立つ」

「へぇ～、どっちが勝つかねぇ」

一瞬逃げようかとも思ったが、彼のしたり顔を思い出してしまい、それが癪《しゃく》に障《さわ》ってしまった。

「喧嘩か、腹ごなしの運動にはいいかもしれないな」

「飯まで食ってやがったのか……オレは今日まだなにも食ってないってのによぉ！　でりゃああ!!」

飛びかかるウォン・ルーに、フェンシングのような素早さで右拳と右サイドキックを連撃。

ウォン・ルーはそれらすべて掌で打ち下ろし、蹴りを繰り出して、足を素早く降ろしながら踏み出し、裏拳をゲオルに打ち下ろしてきた。

「くっそ、なんて重い一撃しやがるッ！」

「なるほど、コップに注げばコップの形に、花瓶に注げば花瓶の形に……流水みてぇな武術だ。ならオレのは、――――荒ぶる虎の勢いだッ!!」

ウォン・ルーは再び構え、引っ掻くように連掌底を繰り出してくる。

ゲオルも素早い連打撃を繰り出して応じた。

互いのラッシュがぶつかりあい、それは天地を揺るがすが如き勢いだ。

ズドドドドドドドドドドドドドドドドドドドッッ!!

時折、肘や前腕をぶつけながらの応酬による衝撃音と余波で、野次馬は圧倒される。

ビリビリと心を震わせ、ふたりの戦闘を手に汗握り見守っていた。

互いにラッシュを繰り出しながら、足を前に踏み込み、蹴り合い、腰を使ってバランスを崩そうとする。

「いい加減懲りてくれないかねえ！」

「オレにも分け前！」

「うるせえ!!」

双推手《そうすいしゅ》めいた押し合いから、お互い勢いよくうしろへと飛ばし、間合いをあける。

そしてすぐさま距離を詰め、肘、裏拳、掌底、指、足底、足刀、膝、肉体のあらゆる部位を用いて強靭な体術を繰り出していった。

「ちくしょう、商売敵《がたき》の分際でよくもオレをここまで手こずらせやがったな……」

「そろそろ衛兵《サツ》が来るころ合いだぜ？」

「……」

その言葉にニヤリとし、ウォン・ルーはコマのように回転して横移動し始めた。

その勢いを駆使して、近くに建っていた古めの飲食店のイスを次々と蹴り飛ばしてくる。

「あ～そういうことしちゃう？」

ゲオルは地面に落ちていた長い棒を棍代わりに振り回し、すべてを払いのけた。

今度は武器術合戦、ウォン・ルーは長イスを持って襲いかかる。

「武器のチョイスおかしいんだよテメェ！」

「いついかなるときでも戦えるように心構えし、どんなものでも武器として使えるよう鍛錬する……お前知らないのかぁ～？」

ウフンと女めいた動作で座りながら挑発するウォン・ルーに、すかさず棒を叩き込む。

「うぉっと‼」

ウォン・ルーは長イスの下に潜り込んで攻撃を躱す。

起き上がりざまに長イスを背負うようにして横回転し、ゲオルの棒を弾いていった。

「さぁ勝負はこれからだ！」

「望むところだバカヤロウ‼」

だが警笛が近くなり、野次馬も散り散りになって逃げていく様を見るや、ふたりもその場からダカダカと逃げ出した。

「ふぅ、ここまで来れば大丈夫だろ……」

「おい、ゼェ、ゼェ、……さっきの勝負オレの勝ちだからな？」

「せめて引き分けとか勝負はおあずけとか言えないもんかね？」

「あのままいけばオレが勝ってた！　武術である以上拳だけで決まるわけがない。武器を用いた技巧も――――」

「あーはいはい、そういう暑っ苦しいのはごめんこうむる。……あーあ、せっかく情報収集してたのに、ここどこだよ？」

「なんだ、ここは初めてか？」

店舗の建ち並ぶ小道からだいぶ離れた、まだよく知らない道。

まばらに並ぶビルのそばには、テナント募集の看板が立っている。

「……そうだな。この街全部は把握してない」

「ふん、まだまだだな。オレはとっくの昔に把握済みだぁ」

自信満々に言うことでも……いや、あるな」

「いいだろう。勝負はおあずけってことにしといてやる。オレはこっち、お前が向かう先はあっち」

「そっちにはなにがあるんだ？」

「オレの事務所だ。……なんだ興味があるのか？」

「いいや、これ以上寄り道はごめんだね」

「ふん、最初から上がらせてやるつもりなんかねぇやい」

「だったら聞くなよ」

奇妙な出会いから解放され、入り組んだ路を進んでいくと、普段日常的に通る表通りへと繋がった。

見慣れた景色に安堵《あんど》を覚えつつ、ゲオルは再び調査を続ける。

第十七話　ユリアスの特製ディナーをいただきに

あの少年の名はリッタル・ヘンダーソン。

世界的名門、グリンデルワルト魔術学院に通っていたが、そこまで目立つ生徒ではなかった模様。

ゲオルはヘンダーソン邸におもむいたが、あの事件のせいで家主は処罰され、家のことでゴチャゴチャとした手続きがまだ行われているとのことだ。

（世界的な権威、だったらしいからな親父さん……）

時間は夕刻。

学院から帰ってくる学生からもいくらか話が聞けた。

「やれやれ、こっちが貧乏人だからってジロジロと……お金持ちのガキはこれだからよぉ」

そそくさと帰る中、内容を整理する。


少年は死んでほしいと願う奴はいるものの、金も力もない。

学院内でも目立たない生徒ということで、誰も気にもとめてなかった。


考えても頭がぐちゃぐちゃになるばかり。

一旦自宅に戻り、ひと休みしたあと、また出かけた。

調査ではない。

ユリアスとのディナーだ。

◇◇◇

彼女の家を訪れノックすると、落ち着いた声量の彼女が返事をしてくれた。

「ゲオルさんだね。どうぞ」

「入るぜ」

テーブルに並ぶ料理たちは、肉を中心としたもので、ユリアスがソースの一滴までこだわりぬいた品々。

幻が見せる美しい夢かと思うほどに豪華で食欲をそそる品々に、ゲオルはダランと頬がゆるんだ。

「これ、あとで請求ないよな？」

「気に入ってくれたようでなによりだ。さぁ座って」

静かに注がれるワインを横目にソワソワとしながら座る。

『キャバレー・ミランダ』でも見たことのない品々に涎《よだれ》が溢れそうになるのを禁じ得ない。

「じゃあ、いただきます……」

「召し上がれ。ボクもお腹すいちゃった」

お互い話はない。

とろけるほどに柔らかな肉の旨味に舌鼓を打ちながら、至福の時間を堪能するのみ。

ワインなども格別だ。少なくともその辺で手に入る安酒じゃない。

風味も舌触りもこれまで飲んだものとは次元が違う。

「う～ん……美味かった」

「ほんと美味しそうに食べるもんね、君」

「お前だって」

「さ、どうかなー。……食器こっちに持って来てくれるかな？」

「洗い物か？　なら俺も」

「いや、いい。ここは職場の厨房とは全然違う。ボクにとってこのキッチンは聖域だ。持って来てくれるだけでいい」

「そう言うのなら」

「どうも。デザートを用意するから、そのまま座って待ってて」

「至れり尽くせりだな。ティアリカが知ったらなんて言うやら」

「〝なんで私も誘ってくれなかったんですかー〟ってわめくに決まってる」

「違いない」

ある程度片付けが終わったあと、ゲオルにデザートが運ばれてくる。

小さなチョコが添えられたホワイトチョコケーキと、香ばしい薫りのするコーヒー。

「ボクの手作り」

「嘘ォ!?」

「まぁ食べてみなよ」

「あ、あぁ、いただくよ」

味覚が贅沢になった舌に、甘い風味と滑らかな舌触り。

豪華なディナーでたかぶった気分を緩めてくれるのがわかる。

コーヒーをすすりながらひと息つく。

気がつけば皿についたクリームも残さず口の中へ。

「ふぅ、美味かったなぁ」

「おーおー、綺麗に食べちゃって」

「ケーキなんてガキのときに食って以来だよ。それより遥かに美味い」

「そりゃあよかった」

しばらく満たされた感覚に浸りながら、お互いソファーでひと息つく。

ユリアスはゲオルの仕事のことを聞いてはこなかった。

向かいのソファーで、ただ黙って読みかけの本に目を通している。

(こんな夜もたまにはいいもんだ……)

「ふぅ、さてと……ねえゲオルさん。一杯どう？」

「おいおいさすがにこれ以上は……」

「さっきのワイン同様、いいのがあるんだ」

「……なんだって？」

「ボルツ・スターって銘柄の。知らない？」

「一度飲んでみたかったやつだ。今じゃどこも取り扱ってないって聞いてる」

「うん、じゃあカウンターへどうぞ」

「カウンター？　窓際がか……、おっ？」

ユリアスは小さなテーブルとイスを用意し窓際へと置く。

そしてユリアスはリビングを薄暗くした。

窓から差し込む街の光と、ぼんやりとした灯り。

そして背後から聞こえる、液体が注がれる音。

カランとグラスの中の氷が揺れて、彼に渡される。

「これが例の酒か……」

「少しずつ飲もう、乾杯」

これまでに飲んだ酒にはない円熟味を口の中に含み、風味を鼻で愉しむ。

「……最高だ」

「まだティアリカにも振る舞っていない代物《しろもの》だよ」

「まだってことはアンタ、こうしてアイツにもメシを？」

「うん、君みたいにすっごく美味しそうに食べてた。そして泣いてた」

「最初のころだな？」

「うん。今ではそれ以上の笑顔で食べてくれるよ。あーでも、最近はお互い忙しいからねぇ」

「いや、助かった……アンタ命の恩人だよ」

「え、い、一体なにさ急に」

「ごちそうさん。今日はいい夜だったよ」

「うん、ごめんね。ボクのわがままに付き合わせちゃって」

「こんなわがままならいつでも大歓迎だ」

「ははは、君らしい」

玄関を出て夜風の心地よさに目を細めたあと、ゲオルは見送りする彼女に手を振り、輝くネオンと人の波に消えていった。

◇◇◇

街を歩きながらユリアスの家で飲んだ酒の味を思い返しつつ、別の店で飲もうかと思ったが、なにかしらのトラブルがあったら気分を害してしまう。

今の余韻を残すため、真っ直ぐ自宅へと戻った。

「俺の家って、めっちゃ汚いんだなぁ……」

自分では綺麗に整えているはずなのだが、さっきのを見ると自分のズボラさが目立ってしょうがない。

安酒を飲んで寝ようとも思わず、心地いい余韻のままベッドに寝転がった。

「明日また学院付近調べてみるか」

あの時間の余韻を頭の中でぼんやりと残しながら、ゲオルは眠りの中へと意識を沈ませていく。

次の日。

あれだけ飲んだというのに、妙に頭はスッキリしていた。

軽くシャワーを浴びて、服を着てから、カラッと晴れた街を歩く。

調査の前にまずは朝食。

公園でコーヒーとサンドウィッチを適当に頬張る。

ベンチでひと息入れながら新聞に目を通しているとき、うしろのベンチに覚えのある気配が座った。

「お前も朝飯か」

「私は勤務の合間を縫って来てんの。……なにか情報は集められた？」

「はっきり言ってなにもない。怨恨の線も探ってみたが、とてもじゃないが、軍基地にわざわざ忍び込んで復讐するなんていう、リスキーなことするほどぶっ飛んだ奴はいなさそうだ。殺し屋を雇う金もなさそうなのばっかだしな」

「……そう、相変わらず手掛かりなしか」

「そっちはどうなんだ？」

「ヘンダーソン氏の論文をいくつか読んでみた。『悪性環境における適応について』、『人間と魔物に含まれる魔素因子の比率』、あとは……」

「あ～、お勉強は結構」

「大事な資料よ。あのガキンチョも、これに触発されたのかもって」

「ふぅん。それであの人体実験か？　にしては度が過ぎてる。いくら金持ちでもガキひとりでできる規模じゃあない。アイツの人間関係、もっかい洗ってみるわ」

「お願い。私も引き続き軍内部からの情報を集める」

ミスラは木漏れ日溢れる並木道の奥へと消えていった。

その背中を横目にコーヒーを飲み干し、新聞を折り畳んで調査へと向かう。

向かうは昨日訪れたグリンデルワルト魔術学院がある住宅区。

ここの階層の住人は金持ちも多く、治安も比較的良い。

心なしか街の空気が穏やかに感じる。

しかし、通り過ぎる人たちは皆、怪訝《けげん》そうにゲオルを見ていた。

「すっかり顔覚えられたかな。貧乏人がそんなに珍しいってか」

「――――あの、すみません」

「あれ、アンタ昨日の……」

確か生徒会長だったか。

多くの学生に聞き込んだ中で特に印象に残っていた。

「リッタル君のことでまだ調査を……」

「まぁね」

「熱心ですね。軍の関係者でも、彼の関係者でもないアナタがなぜ？」

「……そうさなぁ。もしかしたらあの少年は誰かに操られていたのかもって思ってね」

「え？」

「いくらなんでもさ、あそこまでできると思うか？　もしかしたら誰かが彼を悪の道に引き入れたのかもしれないって、そう思うといてもたってもいられなくてね」

適当に誤魔化してみたが、意外にも信じてもらえた。

「そう、ですか……私も、我が校でこんな残虐な人間が出るだなんて、信じたくないです」

「だろ？」

「優しいんですね」

「それが俺の売りでね。……ところで、俺になんか用事？」

「いえ、用事というほどじゃないんですが。少し思い出したことがありまして……」

生徒会長は語りだした。

第十八話　悪名高きホプキンスの行方

「魔導教授で、判事も兼ねていた偉い人だったんですが……性格的に暴走しやすい人でして。最終的にはすべて失ったみたいなんです」

「それが二年前、か」

「当時は浮浪者になった、だとか野垂れ死んだ、だとかゴシップが絶えませんでしたけど」

「それがジョン・エドガー・ホプキンスって男の物語か……」

「私がまだ生徒会の新入りだったころの話です」

「それが今回殺されたリッタルとなんの関係がある？」

「実は彼、生前よく知らない人間と話している姿が目撃されているらしいんです」

「知らない人間？」

「ええ、黒ずくめで背が高い髭面《ひげづら》の……」

「そいつがホプキンスだって？」

「確証はありませんが背格好とかも一致してるなって。以前にもそういった男性がほかの生徒に近付いてきて話しかけたってことがあったらしいんです。内容まではもう覚えていませんが……」

「そうかい……ありがとよ、参考になった」

「いいえ、その、頑張ってください」

手掛かりを得たゲオルは再び街へと出かける。

向かうは図書館。

そこでホプキンスのことを調べられるだけ調べてみることにした。

――冤罪《えんざい》王ホプキンス、迫害王ホプキンス、虐殺王ホプキンス、恫喝《どうかつ》王ホプキンス、焚書《ふんしょ》王ホプキンス、妄言《もうげん》多謝《たしゃ》ホプキンス、言いがかり判事ホプキンス。

資料に乗っている七つの異名は、彼がどれだけ過激な思想の持ち主かを物語っている。

「すごい数だな。十個集めりゃ豪華商品と交換ってか」

むしろここまで異名を得るまでなぜ放っておいたのか。

彼の所業に呆れながらも情報をまとめていく。

◇◇◇

時刻は正午。

近くの出店のヌードルを箸ですすっていたときだった。

「いよう、新入り」

「ウォン・ルー、だったな」

「おう、オレにもコイツと同じのくれ」

そう言ってゲオルの隣にドカリと座り、首にかけていたタオルで顔を拭う。

「オレへの挨拶もなしにまだ仕事を続けてやがるとは……」

「またやろうってのか？　やめときな、今度はタダじゃ済まねぇぞ」

「ふん、強がり言いやがって」

店主に渡されたヌードルを勢いよくすすりながら、ウォン・ルーは悪態をつき続ける。

「礼儀ってもんがあるのを知らねぇらしいな。この街じゃ同業の先輩の顔は立てるもんだぜ？　オレ

もそうしてきたんだからよ」

「生憎そういうめんどくせーのは、お断り」

「ふん、長生きできないタイプだな」

「かもな。で、なんで俺と飯食ってんだ。払わねぇぞ」

「そういうことじゃない。お前、人探ししてんだろ？」

「さぁな」

「とぼけんない。お前は情報網の扱いがなってねぇ。そんなんじゃ先回りされてすぐに手柄を横取りされちまうぞ？」

「また情報網か。お前も街中に情報網を張り巡らせてる口か？」

「当たり前だ。だからちょいと調べりゃ、お前がなにしようとしてんのかすぐわかる」

「プライバシーもへったくれもねぇな。探偵とストーカーは紙一重《かみひとえ》ってか？」

「人聞きの悪いこと言うな！　横取りなんて不粋なことは仁義に反するってんだ。だがお前みたいな礼儀知らずはすぐに食い物にされちまう。先輩からの忠告は聞くもんだ」

「なるほど……一理ある、か」

「この街で新しいことをやろうとすんのは大変だぞ」

「だから俺の仕事に関わらせてくれって？　あわよくば分け前も寄越せと？」

「ご明察！」

「こんなことでご明察って言葉聞きたくなかったよ」

「へへ、いよっし。そうと決まればオレも手伝ってやろう」

「おいまだなにも……」

「なぁに心配すんな。オレは探偵の腕も一流だ。調査に荒事なんでもござれ！　どうだ、これでもまだ拒むってのか？」

「……しゃーねー。人手は多いほうがいいかもな」

ゲオルはやれやれと肩をすくめながらヌードルをすすりきり、スープも飲み干す。

こうして、コンビでの行動が始まった。

ウォン・ルーの持つ情報網と土地勘はかなり有利に仕事を進められるかもしれない。

「ジョン・エドガー・ホプキンスねぇ……、そういや聞いたことあるなぁ」

「知ってるのか」

「嫌なお偉いさんってことだけ」

「十分。そいつがある事件にからんでるかもってのが俺がこれから調査する部分だ」

「ふふふ、ますます匂ってきやがったな。そいつをとっちめりゃいいんだな」

「いや待て。そいつがどこにいるのかすらわからねぇんだ」

「おいなんだよ自信持て！　とにかく怪しそうな奴を見つけりゃいいんだろ？　こういうときこそウォン・ルー様の出番だ」

「どうすんだよ」

「決まってるだろ。オレの情報網を使うんだよ」

ウォン・ルーは住宅区のさらに奥、貧民区のほうへと足を運んでいった。

「おうウォン・ルー、仕事かい？」

「よう爺さん。これ土産《みやげ》だ」

「いつもすまないね。……あのガキンチョどもなら今、広場にいるよ。ちょっと様子がおかしかったがね」

「ありがとよ」

顔なじみが多いようで、互いに気さくに挨拶を済ませていく。

時折ゲオルに対して鋭い視線を送る者もいるが、ウォン・ルーの手前、手を出してくることはない。身を潜める飢えた狼のような気配だ。

「ここにいる連中はオレの兄弟分みたいなもんだ。この街じゃ浮浪者の存在なんて珍しくもない。だからここから色んな地区に送り込んで、オレの仕事の手伝いをしてもらうこともしょっちゅうさ」

「なるほど……これがアンタの言う情報網か」

「向こうに広場がある。ついてこい。あと、あんまりキョロキョロすんな？　よそもんには厳しいからな」

広場に着くとそこには数人の若者。

だが妙に殺気立っている。

不審に思ったウォン・ルーは駆け寄って理由を聞いてみると、彼もまた血相を変えた。

「おいどうした？」

「……殺された」

「なに？」

「コイツらのダチが……いや、オレの弟分が殺されたんだ！　お前が追ってるっていう……黒ずくめの背の高い髭面にな!!」

「なんだって!?」

場所は貧民区より北の方角。

黒ずくめの奴がひとりで壁に寄りかかっていたところを、ウォン・ルーの弟分たちが集団で因縁をつけにいったときだった。

突然妙な浮遊物が現れ、赤い光線めいたエネルギー波を放ち、胸を一撃。

その後、奴は逃げたという。

「奴はどの方向に？」

「ここから北東だ。確かあの地区は魔術師の家やら研究施設やらが建ち並んでいる」

研究施設と聞いて嫌な予感しかしなくなった。

若者たちに調査の足を向かわせたあと、ふたりも北東の区画へと向かうことにした。

「ふぅ、だいぶ走らせやがるな。おいウォン・ルー。そんな血眼《ちまなこ》になって動き回るな！」

「うるせー！　弟分をぶっ殺されて落ち着いていられるかってんだ！」

「仮にも探偵だろ？　変に目立てば奴に勘付かれるぞ。……いいか、これは俺の仕事だ。アンタは手伝い。できねぇんならとっとと降りろ」

「……チッ」

「……しかし、どいつもこいつもインテリでござれな奴が多いなぁ。俺たちみたいなのはお呼びでないってよ」

「関係ねえ。怪しい奴がいたら片っ端からぶん殴ってやる」

「ぶん殴るな。まずは聞き取りだ」

地味で地道な聞き取り調査。

二手に分かれて調べを進めるがそれらしい人物は見つからなかった。

調査は夕方まで続き、その地区の広場で集合する。

第十九話　研究地区での調査で襲われた

「めぼしい情報はなしか。もうほかの場所に移動したのか……？」

「それか、どこかに隠れてるかだ」

「隠れる……か、アンタならどこに隠れる……？」

ウォン・ルーはスゥッと視線を地面に落とす。

「下水道か……ありうるかもな」

「アイツらに行けそうな入り口を探らせる。だが潜入はオレたちの仕事だ」

「いいだろう」

その人物の行方もそうだが一番気になるものがゲオルにはあった。

奴が若者を殺すときに用いた妙な浮遊物。

その正体に心当たりがあった。

「ウォン・ルー。アンタ、〝仕掛け魔装〟って知ってるか」

「それぐらい知ってるよ。武器に変な魔導機構を取り付けたっていうアレだろ？」

「恐らくホプキンスはそれを持ってる」

「なんだと？　……そういやなんか撃ってきたって言ってやがったな。くそう、しゃらくせえ野郎だ。きっと仕掛け魔装頼りのヘナチョコの腰抜けに違いねぇ！　アイツの仇《かたき》……ボコボコにぶん殴ってやる‼」

（……だが、奴はなんで生徒に近付いたりしたんだ？　特にリッタルとは定期的に会ってたみたいな様子だったし……）

鼻息荒いウォン・ルーを傍目《はため》に、ゲオルは思考の海に浸りながら思い返してみる。

ティアリカがリッタルを追いかけたときに行った街外れの倉庫。

そこには大量の実験道具があった。

「……ホプキンス探しもそうだが、ほかにも調べたほうがいいかもしれねえ」

「どういうことだ」

「この近辺でなにか事件がなかったかをだ」

「なんのことかわからねぇが、必要なら手ぇ貸すぜ」

今日のところはこれで解散。
自宅へと戻り、ベッドでリラックスしながらひとビン開けた。
窓から覗く夜の街は影を色濃く映し出し、けして底の底を見せることはない。
悪党たちは腕っぷしの強さと鼻を利かせて、その中を蠢《うごめ》きながら息を潜めている。
その中にはきっと、ホプキンスもいるのだ。
この街に来て最初の事件の発端となったであろう、数々の悪の異名を飾る王が。
「明日も早いし寝るか」
『キャバレー・ミランダ』が開店するまでにはケリをつけたい。
いや、ティアリカが帰ってくるまでだ。
「今度の相手は元教授兼元判事。ティアリカとは相性悪いだろうしなぁ」
かく言う自分も苦手な属性だと感じた。
肩をすくめながらベッドの上で目を閉じ、そのまま眠りに落ちる。
目覚めたのは夜明け十分前くらいだった。
朝日がうっすらと地平線の向こう側から顔をのぞかせる。
今日も晴れそうだ。
顔を洗い、服を着替えてから外へと出る。
「さすがに人もまばらだな」
早朝特有の空気に乗って、靴音が耳介《じかい》に響くのを聞きながら公園へと向かう。

ウォン・ルーが套路《トウロ》の稽古をしていた。

大気と地面が震えるほどの迫力ある動きに、ゲオルもしばらく見入っていた。

「……ふぅ、お前はやらないのか」

「俺はそこそこにやってる」

「そこそこ？　拳が泣くぞ」

「その忠告は、ありがたくいただこう。気をつけるよ」

「それで、今日はどう動くんだ？」

「昨日言ったろ。あの付近で妙なこととか事件とかがなかったかだ。あと下水道」

「研究地区だな。直接聞いてもわからねえだろうしな。だが、情報が裏伝手《づて》に流れてくることもある。

それを若い衆に集めさせてやる」

「なるほど。そいつは名案だ」

「オレたちはいつもどおり、研究地区の調査だな」

「下水道に通じる入り口は見つかったか？」

「見つかったぞ。飛び切り怪しいのをな」

ウォン・ルーはそう言うと、研究地区の地図を見せてくれた。

早速ふたりで向かうことにする。

それはかなり古い下水道で、ところどころ雑草やら蔦《つた》やらが生い茂って、なにより臭い。

研究地区の端っこのほうだ。

「うへぇ～、入り口もあれなら中もあれだな」

「鼻がひん曲がりそうだ。ドブネズミが隠れるにゃあ、もってこいの場所だな」

「……階段降りたらすぐに分かれ道か。オレは右、お前は左ってことでいいか？」

「オーケー。迷子になるなよ」

汚さと臭さに顔をしかめながら捜索は開始される。

持ってきた懐中電灯以外、薄明かりとわずかに反射する流水の照りだけが頼りの道のりに、ゲオルは目を凝らしながら入り組んだ水路を進んでいった。

口布から貫通して漂う臭いをどうしようかとふと考えていたとき、前方からなにかがやってくるのが見えた。

「なんだ……？　鳥、じゃないな……三つの尖った……おいヤベェ！」

急いで元来た道を逆戻り。

三つの浮遊物がゲオルを追いかけ回すように飛翔し、時折赤い光線を放ってくる。

「あれが弟分を殺したっていう光線か！」

それだけでなく魔力をまとったタックルまでしてくるようで、その威力はハンマーをぶん回したような豪快さだ。

小さな動きで壁がごっそりと抉れ弾け飛んだ。

（クソがッ!!　遠隔操作かなんかしてんのか……）

仕掛け大鎌で対応してもよさそうなものだが、ここは地下であり狭くもある。

派手な戦闘を得意とするゲオルがやらかせば、なにが起こるかわからない。

奴もとんでもないホームグラウンドを手に入れたものだ。

そう思っていた矢先。

「うぉぉおおおおい！　助けてくれぇぇぇえええッ!!」

突然青ざめた顔で走ってくるウォン・ルー。

「え、お前……なんで左から……ッ!!」

背後には六体のあの浮遊物が迫っていた。

「大馬鹿野郎!!　こっち来《く》んじゃねぇ!!」

「ああああああああああああああああッ!!」

ふたり揃って猛攻をかいくぐりながら出口へ向かう。

頭脳をフルに活用し、入り組んだ水路を走り回って、なんとか出口へと辿り着いた。

そのころにはあの浮遊物も退いていた。

「ゼェ、ゼェ、ゼェ……あれ一体なんだ？」

「侵入者を追い出すためのあれだろ。仕掛け魔装だ。奴はここにいる。だが今ので警戒されたな」

「アジトを変えるか？」

「人気《ひとけ》がなくなったときに、姿を現すかもしれない……」

「じゃあここを張っておくのもいいかもな。ほかの連中には別の入り口を張らせるか？」

「それがいい」

それから交代で張り込みを続けるも、ホプキンスが出てくる気配はなし。

ウォン・ルーの仲間からの知らせもなかった。

「おいおい奴《やつこ》さん、まさかずっとあの中にいる気か？　正気じゃねぇ」

「クソヤロウだからな。正気なんざとっくに質屋《しちや》にでも売ったんだろ」

「あの中なら安全だってか？」

「でもずっとはいられないはずだ……」

「まさかあの中にアジトを持ってるとか？」

「……いや、ありうるぞ」

暗躍するならそれなりの備えはあるか。

ここいらが限界かもしれない。

もうすぐ昼時だ。

一旦解散し、作戦を立て直すことにした。

街に戻り昼食にありつこうとするも、どの店も異様な臭いのするふたりを拒んだ。

「あれ、ゲオルさん？　うわ臭ッッッ!?」

「おうユリアス。買い物からの帰りか」

「ん、知り合いか？」

「俺が世話になってるキャバレーの料理人」

「おぉ、オレはこの街随一の探偵、ウォン・ルーだ。よろしく!!」

握手を求めるも苦笑いされ一歩退かれる。

ウォン・ルーのことを知っている彼女としては最悪のタイミングだ。

「君たちさぁ、まずはオフロ入ったら？　ボクと話がしたいっていうのならそのあとで付き合うからさ」

「……そうだな。そうしようぜ」

時間を改め、各々身を清めてユリアスの家へとやってくる。

ユリアスはふたりに遅めの昼食を用意してくれた。

「うっほ、こりゃあ美味い。おかわりあるかい？」

「ないよ。図々《ずうずう》しいなぁもう」

「悪いな俺たちの分まで」

「いいよ別に。……仕事は順調？」

「絶好調だ」

「ふ〜ん。どうでもいいけど、食べたら帰ってね。仕事続けるんだろ？」

「なぁユリアス、少し聞きたい」

「なに？」

「研究地区にある下水道に忍び込むのに、良い手段ってあるかな？」

「……知らないよ」

「おいおい、料理人になに聞いてんだ。ごっそさん、美味かったよ。久々に人間らしいメシが食えた」

「感謝してよ？　本当なら代金請求してもおかしくないんだからね」

「わかってるって！　うし、行こうぜゲオル」

「あぁ……」

出ていく前、ゲオルはユリアスと一瞬目が合った。

元暗殺者であることを隠す彼女からすれば、先ほどのゲオルの質問は第三者に変に勘繰らせる恐れがあるのでよろしくない。

警告、とでもいうような視線をゲオルに送っていた。

（おお～、こわいこわい。こりゃ気を付けなきゃな）

その後ゲオルはウォン・ルーの探偵事務所へとおもむくことになる。

第二十話　ようこそウォン・ルー探偵事務所へ

探偵事務所の中はゲオルの自宅に負けず劣らず散らかっていた。

これで依頼客が来たいかと考えれば答えはノー。

酒の臭いとタバコの臭い、出店で買った食べ物の容器にこびりついたソースがそれぞれ混ざり合い、異臭を充満させていた。

「立派な内装だな。キッチン周りなんてまさにキュートだ。匠《たくみ》の技か？」

「嫌味なこと言うな。いつかやる」

「暇だったんなら掃除くらいしろよ……」

人のことはあまり言えないが……。

ゲオルがソファーに座ると、すぐに若者が訪れてきた。

情報をいくつか仕入れてきたらしい。

あらかた聞いたものをゲオルはまとめていく。

「なるほど、昨年に四つの研究施設で盗みがあったと。壁が高温の何かで焼かれ切り取られていた形跡もあり、か」

「次は魔術学院での情報なだ。……ふん、不良やらいじめっ子やらってのはこういうところにもいるもんか。そういう連中が放課後や昼休みの間にボコボコにされたらしい。これも去年だ。これは今でもちょくちょくあるらしいぞ？」

「偶然か？」

「偶然じゃないだろ。きっと盗みも暴力事件も黒幕は同一人物のしわざだ」

「あの下水道の奥のクソヤロウ……」

盗みの件はリッタルだ。

学院の件は、おそらく小遣い稼ぎ。

「子供を商売相手に報復屋か。確かにあそこのガキどもは金は持ってそうだからな」

「過激な元判事様ならやりかねないか……」

「じゃあなんで盗みを？」

「それは今俺が受け持ってる案件に繋がる。実験道具を使って人間を魔物にした奴がいたんだよ」

「……なるほどな」

「この際だ。会っておいたほうがいいかもな」

「会うって、誰に？」

「……俺の依頼人」

ウォン・ルーと一緒に街の公園へとおもむく。

とりあえず座って待つ。これがコンタクトの合図……になるはず。

ウォン・ルーには一旦陰に潜んでもらった。

数分後ミスラが背後のベンチに座る。

「色々わかったぜ」

「よかった。こっちも色々情報を集められたから。まずはそっちから聞くわ」

「犯人はジョン・エドガー・ホプキンス。グリンデルワルト魔術学院の元教授にして元判事。犯行手段は仕掛け魔装の可能性がある」

「仕掛け魔装……アナタが持ってるっていう仕掛け大鎌と同種の武器ね」

「さすが話が早い。九つの浮遊物を操ってる。赤い光線を撃ってきたり、魔力をまとって突っ込んできたりが今のところわかってる攻撃手段だ。しかもかなりの距離を動かせるから、たまったもんじゃない」

「……やっぱりその仕掛け魔装が」

「知ってんのか？」

「魔装銘『グレンリヴェット』。背中に取り付けるタイプの魔装らしいわね。ひとつひとつが確か小型だったからそれを操って事件を……」

「それだけじゃない。詳しい内部偵察だってできるだろう」

「く……やってくれるわね」

「そっちの情報を聞きたいんだが、その前にいいか？」

「なに？」

「ことがことだ。俺の協力者を紹介しておこうと思ってね」

「協力者ぁ？」

ミスラの怪訝な顔をよそに、その人物は物陰から出てくる。

ウォン・ルーは彼女の美貌に、ほわ～っとしながら近づく。

「初めましてお嬢さん。この街随一の探偵、ウォン・ルーと申します……」

「え、あ……へ？」

「つきましては今後とも――」

「……？」

ウォン・ルーの視線が、彼女の綺麗な谷間に集中したかと思えば、一瞬にしてかたまった。

「おぉ～……」

「こ、このッ！」

バシンと一発。

あーあ、とゲオルの溜め息が漏れる。

「コホン、お話よろしいですかお二方」

「は、はひぃ～……」

「よろしくどうぞ」

ゲオルとウォン・ルーを地面に正座させベンチで足を組みながらふたりを見下ろすミスラ。

「現役時代のホプキンス氏の悪行の数々は知ってるでしょうけど、問題は追い出されたあとね。どうやら色んな伝手を使って暗黒街を生き抜いていたみたい」

「上層部がふれてほしくないレベルってのはそれか？」

「多分ね。でも敵の多い職業だったから、それだけじゃ食べていけなかったみたいよ。それに彼の目的は……自分の地位の奪還だったようだから」

「地位の奪還？　また教授とか判事になりたいって？　殺し屋やったほうが儲かるんじゃないのか？」

「そう簡単にはいかなかったみたい。でも表立って行動するわけにはいかない。そこで彼が思いついたのが……」

「野心のある奴に協力して金を貰い、成果を出させてやることか。相当追い詰められてるな」

「リッタルってガキンチョの野心と出会ったのは、もはや運命ね。でもそれは失敗に終わったからアイツは次の対象を探しているはず」

「そうはさせるかよ。さんざんコケにしてくれたんだ。ボコボコにしてやらねぇと気が済まねえ」

「オレも弟分のことがある。アイツをブッ飛ばすまで止まる気はないぜ！」

「アナタたち……」

「ま、依頼人さんは普段と変わらず高みの見物でもしてな。その間に終わらせてやっからよ」

ミスラと別れ、今後の作戦を練る。

ひとりになりたいと言って、ゲオルはウォン・ルーと別れた。

彼も仲間を募ってまた見張りをするようだ。

「さて、行きますか……」

軽くひと息の散歩がてら、ユリアスの家へと向かう。

もうじき夕方になるか、夕飯の準備をしている家がチラホラ。

(なんか、メシたかりに行ってるみたいでアレだな……)

罪悪感とうしろめたさを感じつつ、ユリアスの家のドアをノックする。

「ゲオルさんでしょ？　入っていいよ」

「あ、いや、ただ話がしたいだけなんだ。別に夕飯まで食おうだなんてそういう魂胆《こんたん》は……」

「この時間帯に来る時点で説得力ないよ」

「たはは、だろうな」

「でも残念。ボク今夜は知り合いの料理店へ行くから。手伝いを頼まれたんだ」

「あー、なるほど。……そりゃよかった」

「さぁ早く入って。こっちも準備とかもあるから手短にね」

「わかった。失礼するよ」

リビングへと入るとコーヒーを出してくれる。

挽《ひ》き立ての豆の薫りが気分を落ち着かせてくれた。

「研究地区の下水道のこと、だったね」

「ああ、『害虫駆除』の依頼だ。だが色々と厄介でね」

「……説明してくれるかな?」

ゲオルはユリアスを信頼し、これまでのことをかいつまんで説明した。

「そりゃ大事《おおごと》だね」

「専門家の見解を聞きたい」

「あの下水道はほかの地区と比べて異様に入り組んでる。熟練の作業員でも迷う確率は高いらしいよ。その仕掛け魔装の力で奴は迷わずに済んでるんだろうけど、そこまで奥に陣取るとは思えない」

「……隠れるのと迎撃するのにはいいが、あまり奥に行けば、いざ自分が表へ出るときにそれが足枷《あしかせ》になる、か」

「そう。操るのは人間。しかもホプキンスはかなりの年配だったはず。奥まで行って帰るだけでも相当体力を消耗するはずだ。だから比較的近くにいる可能性が高い」

「あの入り口周辺のマンホールから捜せばあるいは……」

「賭けだね」

「なんでもやってやるさ。コケにされたまま引っ込んだらティアリカにドヤされる」

「ふふ、君らしいね。あ、これは知ってるかな?」

「なにが?」

「『キャバレー・ミランダ』は明後日《あさって》開店」

「え!」

「明日にはティアリカたちは帰ってくる」

「ちょ、マジか⁉」

「頑張ってね〜」

「あ、えっと……」

「ホラ、さっさと飲んじゃってよ。ボク出かけるんだから」

今夜が勝負か。

ウォン・ルーにも声をかけておかねばならない。

第二十一話　VS. ジョン・エドガー・ホプキンス

その日の夜、作戦は決行される。

静まり返る研究地区のマンホール。

耳を澄ませて、あの浮遊物の駆動音がしないか確かめる。

吹き抜ける風に乗ってわずかに聞こえるそれが、だんだん小さくなっていく。

「通り過ぎた、か？」

「行くならすぐにしたほうがいいぞ」

「うし、開けるぞ！」

選んだマンホールの下にある道をゲオルは覚えていた。

浮遊物に追いかけ回されているときにも、下水道の構造の一部を把握していたから。

ゆっくりと降りて、素早い身のこなしで駆け抜けていくふたり。

入り口から入ったわけではないので、ホプキンスも警戒態勢ではないようだ。

「やっぱりガバガバだな」

「あとは運頼み。見つからねぇようにホプキンスを捜すわけだが……」

「ならオレの出番だな。探索してる途中でよ。怪しい場所を見つけたんだ」

「マジか……うし、じゃあ案内頼む」

危ない場面はいくつかあれど、辿り着いたのは古い鉄扉。

ここいらはかなり警備が厳重だったようで、九つの浮遊物がこの鉄扉を守るように巡回していたらしい。

朝にゲオルたちが潜入したことでホプキンスも警備に力を入れているようだ。

ドアノブを回せば、吹き抜けるような軽い風がふたりの頬を撫でる。

顔を見合わせつつも、ゆっくりと中へ入ると、日常では滅多にお目にかかれないほどに壮観な景色が広がっていた。


大空洞。

アーチ状の天井を見上げれば、どこかの隔離施設かと思えるほどに無機質なタイルが広がっていた。

ここだけ空気が澄み渡って、居心地はいい。

しかし視線を下ろせば、そこには奴がいた。

黒ずくめの背の高い髭面の男。

深々と被った帽子のツバの奥から覗く鋭い眼光がふたりを射貫いた。

「貴様ら……今朝の男たちだな」

「ほう、もう顔は割れてるか」

「やいテメェ！　よくもオレの弟分を殺したな！」

「クズは死んで初めて世の役に立つ。喜べ、ワシがそいつを清めてやったのだ」

「言いやがったなぁ～……ッ!!」

「まぁ待て。……アンタがリッタルぼっちゃんをそそのかした。その理由は、自分が元の地位に返り咲くためだったか？」

「ほう、そこまで掴んでいたか……この街は快楽と穢れに満ちている。本来行き渡るべき正しい教えが人心に届かず。もはやこの街には改革が必要だ。死んで当然のクズを滅却する。そのためには力が要《い》る。かつて持っていた教育と法律の力を取り戻すッッッ!!」

「そのせいでリッタルぼっちゃんは狂った実験をやってたんだぜ?」

「ワシが調達してやったのよ。どうせ生きていても仕方のない連中だ。むしろワシが返り咲くための礎《いしずえ》になれたのだから死後の安寧は約束されたも同然。感謝してほしいくらいだがな」

「おうゲオルッ! こんなクソヤロウの話なんざ聞く必要はねぇ! ぶん殴ってその髭全部引き千切ってやるッ!!」

「だな。……俺も本気を出そう」

ウォン・ルーからすれば初めて見る代物。

ゲオルは仕掛け大鎌を空間から取り出した。

「貴様も仕掛け魔装を!? だがワシの『グレンリヴェット』には遠く及ぶまい」

ホプキンスが指をパッチンと鳴らしたのを合図に九つの魔装が集結した。

彼を守るように浮遊し、ホプキンス自身もまた格闘術の構えをとる。

「何度でも立ち上がってみせる……ワシこそ、支配者にふさわしいッ!」

グレンリヴェットを操り、いくつもの赤い光線の弾幕を張りながら肉薄してきた。

ゲオルやウォン・ルーに劣らない体術と身のこなしでふたりを翻弄する。

「そうら!!」

「ぬうう! この、重みは……ッ!!」

「オタクの魔装……一発の威力出すにゃ、ちょっとラグが多いな。鍔迫《つばぜ》り合いだとこうして押し返されちまうんじゃあねえか？」

仕掛け大鎌の一撃を防ぐのに九つ全部使わなくてはならない。

魔力をまとったタックルさえできればまだマシだろうが、そんな隙を与える気は毛頭ない。

ゲオルがグレンリヴェットの相手をしている間に、ウォン・ルーがホプキンスに殴りにかかる。

「オレを忘れんじゃねえクソジジイ!!」

「ぬ、ぐっふ!!」

技の練度でも負けてはいない。

となれば物を言うのは膂力《りょりょく》の差。

「こしゃくな!!」

力で敵わないと見るや、三角飛びから長い脚を用いた連続蹴り。

三次元的な動きをしつつ、ゲオルやウォン・ルーを相手に善戦する。

「光線で遠距離から攻撃し、魔装一個一個のタックルで中距離、挙句にゃ体術で近距離も万全。コイツ無敵か!?　おい、ゲオルどうにかしろよ！　ひとりだけ余裕ぶりやがって！」

「……魔術って使えないよな」

「生まれてこのかた体力だけが自慢でね」

「だろうな」

「……一気にけしかけるか？」

「そうだな。変に距離取られるとまた光線とタックルの嵐だ。体術も並じゃない。……こういうガチ戦法する奴嫌いだな」

「性格がにじみ出てるな」

「ふん。そろそろお遊びも終《しま》いにしようか」

(チャンバラももう限界か……勝負に出るしかない)

ゲオルが仕掛け大鎌の柄をグッと握りしめたと同時に、ホプキンスの意志でグレンリヴェットの光線が放たれる。

だがゲオルもウォン・ルーもそれを避けなかった。それ以上の驚愕がふたりを固まらせたからだ。

突然、何重にも張り巡らされた魔力障壁が現れる。

魔力と魔力がぶつかり合う中で生じる輝きに照らされながら、魔力の源である『少女』は振り向く。

「遅くなってごめん。ここからは私も戦うわ」

「ミスラ、お前……」

「……嬢ちゃんがいるのなら、火の中水の中だ」

「さぁ行って!!」

応《おう》ッ！　と声を合わせゲオルを先頭に突き進む。

大鎌の刃でグレンリヴェットの猛攻を弾き、その隙にウォン・ルーとミスラが、ホプキンスに肉薄し体術合戦をしかける。

さすがのホプキンスも若者ふたりに圧倒され始めた。

そればかりか勢いを強めたゲオルも近距離戦に参戦してきたため、もはやグレンリヴェットではさばききれない。

「こ、こしゃくなぁあああ!!」

ここへ来てホプキンスの大技が炸裂。

魔力をまとった浮遊物が彼を中心に、円を描くように超速回転しながら魔力ストームを起こし、三人を吹っ飛ばす。

「ぐわははははは！　見たか！　これぞ正義の鉄槌《てっつい》。神がもたらした嵐！」

「向上心強いのはいいけど、ほどほどにな」

「なに!?」

仕掛け大鎌の回転斬りでゲオルにまたしても追い込まれる。

「ホプキンス！」

「な!?」

振り返った直後に炸裂する、ミスラの三角飛びからのきりもみしながらの降下、からの踵落とし。

痛快な炸裂音を響かせ、ホプキンスが体勢を崩しそうになったところをウォン・ルーが擒拿《きんな》の技で腕を掴み、倒れるのを防ぐ。

「ナイッスゥ!!」

「ぐばぁあああ!!」

直後、仕掛け大鎌の一閃が、ホプキンスの背中をグレンリヴェット本体ごと抉った。

熱を帯びた血がダラダラと体外へと流れ落ち、やがてホプキンスは脱力し両膝をつく。

「……首、切っとくか？」

「お願い」

「あー……オレ向こう行っていい？　グロテスクなのはちょっと、アハハ」

「ま、ま、待って、くれぇえ……。ワシを殺すことが、いかに、損失を生む、かを……」

「ジョン・エドガー・ホプキンス。これは非公式かつ個人的な任務。アナタの死は誰の目にも留まらない」

「死んだら下水に流してやる」

「……まさか……そうか、小娘ぇ、ガバメント家に転がり込んだ……淫らで卑しい成り上がり……ふひひひ、その胸元で、どれだけの、男を惑わせた？」

その言葉に眉をひそめ怒りの色をにじませ始めるミスラ。

次の侮辱の言葉を口にしようとニタリと笑んだ矢先、ホプキンスの首は斬り裂かれ、ガボガボと苦しそうにしながら倒れた。

「……言わせておけばいいって言葉があるが、こういう手合いは速攻で口を封じたほうが賢明だ。こんな風にな」

「え。えぇ……その、ありが、とう」

「勉強になったろ。授業料は報酬に上乗せしてくれ」

呆気《あっけ》にとられるミスラにゲオルはニヒルな微笑みを見せながら、背中をポンと叩く。

「帰ろうぜ。ドブネズミみたいな俺らはともかく、こんな辛気臭いところにいつまでもいるもんじゃねえ。……お前みたいな有望な女はよ」

「ぁ……」

口笛を吹きつつ前を歩くゲオル。その背中を見ながらミスラも続く。

「……お～い、終わったか～？　なんで返事しないんだよぉ～。ってオイ！　オレを置いていくんじゃないよ！　功労者だぞオレは!!」

第二十二話　かつての仲間、ふたたび

次の日。

昨日の依頼の疲れを癒すため、ゲオルは自宅のソファーで寝転びながら天井を見上げる。

もうすぐ昼になるころだろうか、突然の来客を知らせるノックが響いた。

「誰だ」

「ティアリカです。お土産、持ってきました」

「おう、入ってくれ」

姿勢を直すとティアリカがワインや果物が入ったバスケットを持って入ってくる。

それを台所に置くと、ティアリカはゆっくり部屋を見渡し始めた。

「な、なんだよ」

「なんですかこの惨状は……部屋が汚いです。掃除しないとダメじゃないですか」

「してるよ」

「嘘おっしゃい！　いらないものは捨てるッ！　物は置きっぱなしにしないッ！　清潔と整理整頓は人生の基本ですよ」

ティアリカが来て早々、掃除をすることになってしまった。

どこから持って来たのかモップや雑巾、ホウキを手に掃除が始まったのだが。

「ゲオル！　ボトルのラベルの文字を読まない！　手を動かしてください！」

「え、あぁ、スマンスマン」

「まったく……お酒の空《あ》きビンに出店の空容器《から》、なんでこんなにゴミを溜め込められるんですか？」

「別に溜め込んでるわけじゃねえよ。捨てようと思って置いてたら増えた」

「それを世間一般ではゴミを溜め込んでいくって言うんですよ」

呆れた物言いとは裏腹に、金色の髪を揺らしながら忙しなく動くティアリカの表情には柔らかさがあった。

そんな彼女を見たら、愚痴のひとつも言えなくなるのが性《さが》というもの。

辛気臭い部屋に澄んだ空気が入って、彼女の言う清潔さというのもよくわかる。

（やれやれ……終わったら、メシでも一緒に食いに行くか）

それから数分後、スッキリと片付いて換気中の部屋のソファーで一服するふたり。

時刻はもう十三時くらいか。

食事をするにはいい時間帯だ。

「お疲れ様でしたゲオル。久々にお掃除頑張りましたね」

「大掃除だったな。これなら年末はやらなくてよさそうだ」

「やりなさい」

「仕事の状況にもよる」

「まったくもう……」

「なぁ、メシでも食いに行こうぜ」

「えぇ、かまいませんよ」

明日からまたキャバレーが開店するにあたって、普段の日常に戻りつつある。

近所の飲食店で軽く済ませながらティアリカの土産話を聞いていた。

「都市を離れて地方へ、か。ずいぶんと思い切ったな」

「でしょう！　前の私だったらきっと渋ったでしょうけど。なんだか皆でお出かけするのが楽しみになっちゃって！」

「ふっ、そうか」

「アナタもたまには旅行をしてみては？　色んな物が見られて楽しいですよ」

「お前とふたりで？」

「……ッ！」

思わぬ言葉にティアリカは顔を赤らめたかと思うと、すぐに顔を背けた。

「ハハハ、なんだよ初心《うぶ》みてぇな反応しやがって」

「ひ、昼間っからなんてことを……」

「まぁまぁ悪かったよ。楽しそうな休日を過ごしてくれてなによりだ」

「そういうゲオルは？　よい休日は過ごせましたか？」

「まぁ、それなりに」

ホプキンスのことは伏せておこうと思い、依頼はそこそこあってなんとか儲かったとだけ伝えた。

「不安定な仕事ってのはキツイねぇ、ったく」

「……もう正式に『キャバレー・ミランダ』の一員になられては？」

「いや、俺はこのまま『何でも屋っぽいの』を続けるよ。気に入ってるんだ」

「まぁアナタのことですから心配はしませんが、無理はなさらないように。身体が資本なのですから」

「そりゃお互い様だ。職場で嫌なこととかありゃ、すぐに俺に言え」

「まぁ嬉しい」

「……いい休暇を過ごしたな。顔色がいい」

「はい、明日からまた頑張れそうです」

「ユリアスもだいぶ暇そうにしてたぜ。色々話してやれ」

「珍しい。ユリアスと会ったのですか？　あんまりプライベートを見せない人ですから……」

「街をブラブラしてたときにバッタリ出会ったんだ。ありゃ相当な仕事人間だな」

「勤勉で良いじゃあないですか。ユリアスのことですから、他店の助っ人《すけと》とかを受け持っていたのでは？」

「鋭いねぇ〜」

他愛のない話のあと、コーヒーを一杯。

その後は解散し、お互い明日の仕事へと備えた。

『キャバレー・ミランダ』に足を踏み入れるのは久しぶりだ。

明日からまたティアリカとともに変わらない日常に明け暮れると思うと、どこか胸が躍った。

（ホプキンスの件みたく、アイツを巻き込まずに済むのならいいが……まぁ、そうそうデカいヤマも起こるわけもねぇか）

ゲオルの予感はおおむね的中した。

次の日からゲオルはまた用心棒として活動し、店員たちと触れ合いながら日々を過ごしていった。

そこにはティアリカの存在がひと際輝く。

用心棒として彼女の働きを見守り、仕事が終われば談笑しながら一緒に帰る日々。

最近はその光景をほかのバニーガールが羨ましがるのもセット。

ついには一部のバニーガールもゲオルにロックオンし始めたので、ティアリカも気が気でないことが増えてきたそうな。

こんな日々が続いたある日、思わぬ来客が訪れた。

懐かしさを感じる旅人の外套を身にまとった、ひとりの女。

「いらっしゃいませ。『キャバレー・ミランダ』へようこそ！」

「……ティアリカ、様」

「え……？」

夜、景気よく客を出迎えるティアリカの前に現れたフードの人物。

フードを外すと、聞き慣れた声と顔が露わになった。

ゲオルも仕事柄、出入り口を気にする性質のため、現れた彼女がすぐに目に留まり、釘付けになった。

「聖女ティアリカ様……ですよね？　私です。〝エジリ〟です。魔王討伐にてお供した！」

「おいおい、マジかよ……」

これにはゲオルもすぐに駆け寄った。

片膝をつき涙を浮かべながらティアリカの手を取るエジリは、彼に気づくことなく続けてまくしたてる。

「なんというお姿……穢れた俗世に染まってそのような……ですがもう大丈夫です。すべてこのエジリにお任せください！」

「おーい、ちょいちょいちょい待て待て。なぁにやってんだお前は！」

「邪魔するな、すっこんで——……」

ゲオルの姿を見た途端、目を見開いてかたまったかと思えば、みるみる顔を赤くして彼に痛烈なビンタを浴びせた。

「……ナイススナップ。ビンタの腕上げたか？」

「黙れ！　なぜ貴様がここにいる⁉」

「ここで用心棒として働いてる。ほかにも色々やってるぞ」

「そんなこと聞いてない！　なぜだ……なぜ貴様がいながらティアリカ様が！」

「エジリ！」

「あ～……こりゃまた応接室送りかな」

女銃士エジリ。

剣と銃火器を操るオールラウンダー。

赤い髪の巻き毛が特徴的で細い身体のラインからなる女性的な魅惑度は、ティアリカに勝るとも劣らない。

「まずはティアリカ様を着替えさせることが先決だろうがッッッ‼」

応接室に入って早々、支配人を怒鳴《どな》りつけるエジリ。

「支配人に向かって怒鳴るな‼」

「えっと……彼女は君たちの知り合い、かね？」

これ以上ゲオルたちとの関係を隠すことは、きっとできない。

というよりも、下手に隠そうとしてもエジリがベラベラしゃべってしまうだろう。

彼女は聖女ティアリカを崇拝しているゆえに、ティアリカがバニーガールとして働いていることに我慢ならない様子だった。

ゲオルはティアリカに目配せし、支配人に三人の関係性を話した。

壮絶な過去があることはわかっていた支配人も閉口し、終始考え込むようにうつむいたり、目頭《めがしら》をおさえたりした。

「ティアリカ、君はどうしたいかね？」

「私はもちろん……」

「もちろん、この店を辞めさせていただきます。ティアリカ様がこんな店で働くなど、ふさわしくないにもほどがある」

「支配人はティアリカに聞いてんだぜ？」

「お前は黙れ」

重みのある銃を即座に取り出し、ゲオルに向けた。

その眼光にかつての仲間の眼差《まなざ》しはなく、目的のためなら手段を択《えら》ばない残忍さを宿している。

「やってみろよ。首から真っ赤なシャンパンを噴き出したいんならな」

「かつての私と同じと思うな……」

「ふたりともやめて！　私はこの店を辞める気はありません！　エジリ、久々にアナタの顔が見られて私も嬉しい。お客様としてならおもてなしをさせていただきますが、これ以上店に迷惑をかけるなら……」

「……仕方ありません。今日は退きましょう。ですが、私はアナタのことを諦めたわけではありませんのでッ！」

銃をしまうと踵《きびす》を返して鼻息荒くドアを閉めて去っていった。

「申し訳ありません支配人。私の仲間が……」

「いや、いいんだ。……こういう仕事をしてると、色んな人間と色んなトラブルに出合う。まぁ君たちのはだいぶ規格外だがね」

「アイツには俺から言っとくよ。……ったく、また忙しくなりそうだぜ」

第二十三話　エジリの蛮行

次の日の朝、カフェにいたゲオルは新聞の紙面を見て、驚愕の一色に包まれる。

『世界の大英雄、全員死亡』

『ジャガンナート教団の列聖の勇、何者かの襲撃により全滅』

昨日の夜に飲んだ酒が急に回ってきたように、視界がグワリと歪む。

教団の名前は知らないはずもない。

ティアリカが所属していた団体だ。

「……まさか、アイツ」

カフェでの一服のつもりだったが、一気に重圧がのしかかる。

背後に誰もいないはずなのに、銃口を向けられているような冷たい感覚に陥った。

眉間のシワを摘まみながら、エジリとどう話すかの算段をつける。

「めんどくせぇ……この分だと恐らくはティアリカも新聞読んでビックリしてるころあいだろうな」

一緒に行って話をするべきか。

いや、またこじれるだけだろう。

三人で話すにしても、まずは一度一対一で話しておくほうがいいとゲオルは思う。

（新聞のことについても問いただしたい。アイツが今泊まってる宿は……）

手土産を用意しつつ、ゲオルは聞き込みをしながら彼女を捜した。

辿り着いたのはそれなりに小綺麗な宿だ。

実力の乏しい冒険者や賞金稼ぎには縁のないような、洒落《しやれ》たクラシカルな造りのそれ。

「四〇八、ここだな。……おい、エジリ。俺だ。ゲオルだ」

「帰れ。私は忙しい」

「話くらいいいだろう」

「話すことなんてない」

「……ロゼワイン。上物だぞ?」

「……ハァ」

彼女の好みは知っていた。

イラついていたりコンディションが良くないときは、よくこれを呑む。

手土産をエサに話しかけ続けると、先ほどより声色が柔らかになり、数秒後にはカチャリと鍵が外された。

「入れ」

「おうよ。……お前とこうしてふたりで呑むのは初めてじゃないか？」

「そうかもしれない。だがさっきも言ったが私は忙しい。ほんのちょっとだけだぞ」

「わかってるよ」

お互いワインをグラスに注ぐも、乾杯はない。

淡いピンク色の液体をグラス越しに見ながらエジリは瞳を閉じて薫りを愉しむ。

彼女はゆっくりと唇をグラスに触れさせワインを口に含むと、スッキリとした味を舌の上で転がした。

心なしか表情が和らいできている。

緊張がほどよくほぐれていっているみたいだと、ゲオルは感じた。

「ほぅ……ん……」

「ほかじゃ飲めないやつだ。感謝しろよ」

「お前の酒選びには外れがない。思い出したよ」

「だろう？」

「お前は呑まないのか？」

「呑みたいんだけどね～……心配ごとがあって、ど～も受け付けないんだ」

「……お前が？　なんだ、もしかして私にそれを相談したくて来たのか？　変な奴だな」

「我ながらそう思うよ。……今さらになってあの教団のことを新聞で見ただけで、こうしてブルッちまってんだからな」

エジリの手が止まった。

朗らかに見えた表情は徐々に最初のこわばりを見せる。

「……偽物の勇者御一行様。殺したの、お前だろ」

「……だったらなんだ？」

「やっぱりか。自分がなにやったかわかってんのか？」

「当たり前だ。我々の偉業を……ティアリカ様の偉業を……それを連中は」

「そういうことじゃあねぇ。教団が嗅ぎつけねぇとでも思ってんのか？」

「そんなものどうとでもなる。しょせんは烏合《うごう》の衆だ」

「バカだねぇ、お前は」

「なんだと？」

「殺し屋のひとりやふたり差し向けてくるに決まってるだろ……いや、そんなことは来てからでいい。問題は、だ。……過去の栄光のために、お前、殺しなんてやったのか？」

「過去の栄光だと？　ふざけるな！　お前……お前はなんとも思わないのか!?　あんなふざけた理由で、私たちの過去を穢されて、憎いと思わないのか!?」

「俺もティアリカも乗り越えてここまできた」

「綺麗ごとを言って誤魔化すな！　ティアリカ様があんな風でいいわけないだろうが！」

「じゃあお前は、どうなったら納得するんだ？」

「決まっているだろ。あのお方を中心に新たな教団を立ち上げる。そして私たちの冒険を復活させる！　捏造や脚色の一切がない真実を、ちゃんと世に伝えるんだ！」

「ティアリカが賛同するとでも思ってんのか？」

「賛同するに決まってる！」

彼女の目に迷いはなかった。

瞳の奥の黒ずんだ狂気を、真っ向からゲオルにブチ当てながらも、口だけを笑んでみせた。

その姿があまりにも痛々しくて、いたたまれなかった。

「無理だな」

「……は？　なんでだ？　なんでそんなことを言うんだ？」

「お前、この街で暮らしてるティアリカがどんなに元気が知ってるか？」

「元、気……？」

「一緒に働く同僚、店に来る客、たまの休みに出かけた先で見る街模様。アイツ、前なら拒絶しちまうようなことをやっていくうちに、すっごく強くなったんだ。負けてたまるかってな。それでいて、かつての正義感もあるもんだから。なんていうか、眩しい？　ハハハ」

そんな風に言いながらエジリに笑いかける。

だが対する彼女の反応は、激情からなるテーブルの引っくり返し。

ワインボトルもワイングラスも床に落ち、じんわりとした染みを作った。

能面のような表情のゲオルの胸倉を、鬼のような形相のエジリが掴みかかる。

「お前はどこまで腐っているんだッ！」

「……放せよ」

「聖女様が、ティアリカ様が世俗に汚れて美しいなど、あるはずがないだろう!! あのお方は立つべき場所に立つからこそ美しいのだ！ ……あんな店で働いて生き生きしてる？ バカも休み休み言え。聖女様はな、いつでも清らかで気高く美しい存在でなくちゃいけないんだッ！」

「今のアイツは、そうじゃないって言いたいのか？」

「当たり前だ！」

「……エジリ。お前がかつての聖女像に惚れちまってるのはわかる。だがな、もう終わったんだ」

「終わってない」

「剣と魔術と、勇気と情熱の大冒険の時代は、もう終わったんだ」

「終わってないッ!! あのお方の威光は永遠に語り継がれるべきなんだ！ 勇者様だってそれを望んでいるはずだ！」

「アイツが？ アイツとは会ったのか？」

「……ッ！ もういい、帰れ！ 帰れぇえ!!」

そう言ってそっぽを向いたエジリの背中は、どこか小さく映った。

視線をワインボトルに落として拾い上げると、まだ少し中身が残っていた。

ラッパ飲みして飲み干すと、それを片手にドアのほうへと向かった。

「ティアリカもお前のやったことを知っただろうぜ。どういう顔すると思う?」

「……泣いて喜ばれるに、決まっている」

「アイツ泣かしたら、お前でも容赦しねぇぞ」

ゲオルは静かにドアを閉める。

エジリの部屋に静寂と零れたワインの香りが充満していった。

しばらくなにも考えることができなかったエジリは、力なくベッドに寝転がった。

◇◇◇

(……あーあ、やっちまった。こりゃ、もっと話がこじれちまうかなぁ)

ゲオルはというと、公園のベンチに座りぼんやりと青空を見ながら物思いにふける。

遠くから暗澹《あんたん》たる雲が流れてくるのが見えた。

久しぶりに天気が荒れるなと感じたころ、他の店も荒れ模様を察し始めたのか、備えるための支度をし始める。

「早めにティアリカのところに行っとくか。避けられねぇだろうしな」

ティアリカは今働いている。

客として行くのも悪くないかもしれないが、さすがにそう何度も店の酒を相伴《しょうばん》にあずかるのも気が引けた。

適当にブラブラしている間にも、暗雲は都市に迫ってくる。

暗雲を背に迫りくる脅威も……。


それは一頭の黒い馬に跨った、ひとりの男だった。

第二十四話　もう一度三人で話を

『キャバレー・ミランダ』、バニーガールたちの控え室。

ひと息入れているティアリカのもとに、同僚のバニーガールたちがやってきた。

「ねぇ、最近彼とはどうなの？」

「ゲオルとですか？　どうと言われましても……」

「え〜、デートとかしたんでしょ？」

「で、で、デート……う、う〜ん、まぁ一応は、そうなるのですかねぇ」

「なによ煮え切らないわねぇ〜。長い付き合いなんでしょ？　知ってるわよ。戦いになると息ピッタリって」

「酒の聖女様」

「も、もう！　からかわないでください！」

「でもさ～、昨日来た女の子？　あれはどうだったの？　あの人も知り合いだったんでしょ」

「あの人は……はい、大事な仲間ですよ。今でも。ちょっと暴走しがちですが、悪い人ではないんです」

「情熱的でいいじゃない。接客すれば案外お金おとしてくれるかもよ」

「彼女にそういうのはダメです」

「そう言えば昨日応接室でめっちゃ怒鳴ってたけど、大丈夫？」

「あ～……」

そんなとき、ゲオルがティアリカに話があるとやってきていることをボーイ伝手に聞き、彼女は、応接室へと向かった。

「……なんか、その格好で応接室ってての見慣れちまったな」

「私もなんだか変な気分」

「ま、俺としては眼福でいいけどな。またＶＩＰ席でふたりで飲みたい気分だ」

「その場合はキチンと料金をお支払いいただいた上でおこしください」

「言いやがる……」

「……与太話《よたばなし》をしに来たのではないのでしょう？」

「あぁ、エジリと会って話してきた。アイツ相当キてるな」

ゲオルは今朝のことを話した。

ティアリカはソファーにもたれ込み、天井を見上げてから深呼吸する。

表情は曇るも涙はない。

ただ少し寂しそうであり、悲しそうでもあった。

「お前、エジリについていきたいか？」

「彼女の案に乗って……もう一度聖女として輝けと？」

「真実の魔王討伐譚のおまけつき。上手くいけばスポンサーもつくだろうぜ」

ティアリカは姿勢を戻し、力なく微笑む。

「大事な過去って、とても眩しいことばっかり。そのせいでこんなにも人を狂わせてしまうんですね」

「……この街で頑張ろうって思ってる俺たちがおかしいのかもしれねぇぜ？」

「ふふふ、確かにそうかも。……もう一度、彼女と話せませんか？」

「多分向こうから来るだろ。支配人には悪いが、来たら応接室にお通しするしかねぇな」

「そう、ですね」

案の定エジリは店にやってきた。

この会話の数分後だった。

事前にゲオルたちから聞かされていたため、応接室への誘導は手早く行われる。

また店内で騒がれるのは厄介だ。

「おぉ！　ティアリカ様。バニーガールの衣装よりもその格好のほうがずっといい！」

「おーい、俺もいるんだけど？」

着替えたティアリカにキラキラと輝く瞳を向けるが、ゲオルにはナイフのように鋭い瞳を向ける。

応接室に三人が集《つど》う。

「お酒なにか呑みますか？　私の奢りです」

「お、奢り!?　そんな聖女様直々《じきじき》に恐れ多い！　……おいゲオル、貴様もお止めしないか!!」

「いや、俺も奢りで呑んだことあるし」

「殺す」

「やめなさい！　ここで荒事を起こすというのであれば、もう口を利きません！」

一瞬にして黙るエジリに、肩をすくめるゲオル。

その傍らでグラスに氷を入れて酒を注ぐティアリカ。

「ロゼワインが好きなのは知っていましたが生憎、赤と白しかなくて……。代わりにこれで我慢していただけましたら……」

「いえ、聖女様のご厚意、感謝の言葉もございません」

「そうかたくならないで。さぁゲオルも」

「おい……ティアリカ様からの賜り酒だ。わかっているだろうな？」

「いつもどおり、呑む」

「罰《ばち》当たりめ……」

「さぁ乾杯しましょう」

始まりは静かに。

無言のお陰で酒の風味と薫りを舌の上で存分に楽しめた。

「……おいしい」

「よかった、口に合って。昔の私なら、こんな風にお酒を入れることなんてなかったでしょうから」

「ティアリカ様……」

「ゲオルから話は聞きました」

「じゃあ……」

「申し訳ありませんが、私はこの街を離れる気はありません」

グラスを置いたあと、ティアリカは毅然と答えた。

瞳孔の収縮した目で彼女を見るエジリは、カタカタと震えている。

「なぜ、ですか……アナタは、聖女としての才能も素養もすべてそろっている。……なのにッ、なぜッッ！」

一気に悪鬼羅刹《あっきらせつ》が如き顔になるも、ティアリカは動じずに続けた。

「アナタの想像しているとおり、ここまでくるのに辛い思いをずっとしてきました。屈辱的な思いもしました。でもその険しい道のりが、この街まで私を誘《いざな》ってくれたのです。誰もが必死になって生きているこの街に」

「やめてください……」

「壊れた心の中、大勢の人々に支えられ、やっと気づいたんです。『生きる』とは清濁や善悪で割り切れるものではないと。どれだけ這いずっても、何度泥水をすすっても、それでも生きることをやめない。たくさんの栄光の日々を過去の思い出にしてしまうことになるとしても、私は胸を張ってこれからも生きていたい」

「やめろッッッ!!」

息を荒らげたエジリが勢いよく立ち上がる。

真っ直ぐにエジリを見据えるティアリカに対し、エジリは真っ直ぐ彼女をとらえられないでいた。

「一体、一体どうして、そんな、世俗にまみれた考えをッ！　アナタはもっと崇高な思想のもと、世界を正しき道に導く役目があったはず！」

「もう私は聖女ではありません」

「役目から逃げるなッッッ!!　私がどんな思いで……どんな気持ちでここへ来たか……」

「その結果が、偽物の勇者一行を殺すことですか」

「そうです……アイツらは、我々の旅を、あの日々を穢したんです……だから」

「なんと、愚かなことを……」

「あ、あ、アナタ、まで……」

次の瞬間、エジリの見開いた目がゲオルに向けられる。

「お前だな……？」

「なに？」

「お前がティアリカ様を洗脳したんだな？　そうなんだろ？　自分の手元に置いておきたいから卑劣

なことを……」

「そっち方面でぶっ飛ぶのは予想できなかったな」

「洗脳じゃなかったらなんなんだッ！　お前のせいでティアリカ様がこの街に縛り付けられているんじゃないのか!?　お前さえ、お前さえいなければ」

しかし、その言葉を遮るようにティアリカがエジリの頬をひっぱたいた。

これにはゲオルも呆気にとられ、エジリの罵声はピタリとやんだ。

「……頭を冷やしなさい。彼への侮辱は許しません」

「ゲオルの侮辱は許さなくて……私へのビンタはいいのか……？　それがアナタの答えだと？」

「アナタの顔を久々に見られたのはよかった。でもこれまでです。故郷に帰りなさい」

「私にとっての、帰る場所は……」

そう言い澱《よど》んで、エジリはフラフラとした足取りで、店を出て行った。

「いいのか？」

「……」

「言いすぎたって顔だな。でも俺はお前の意見を支持する。……過去は戻らねぇ。いつまでもコップから零れた水を眺めてるわけにはいかない。俺もお前も、アイツも」

「そう、ですね」

「話せばわかるって？　見ただろ。あれはもうそれが通じない手合いになっちまった。偉い人は言ったぞ？　愛せないなら通り過ぎよってな」

ゲオルも応接室を去ろうとしたとき、ボーイが大慌てで入ってくる。

「た、大変ですふたりとも！　ユリアスさんが……」

「どうした？」

「あの、ティアリカさんに付きまとってるって噂を聞いて、その、ユリアスさんがお仲間を追っかけていったみたいで」

「な⁉」

「ティアリカ、お前はここにいろ。俺が話をつける」

「でも！」

「仕事まだあるんだろ？　支配人にも俺が話す」

ユリアスが動くのは予想外、否、薄々感じ取っていた可能性のひとつだった。

最悪の事態にならないよう祈りながら、ゲオルは夜の街に消えたふたりを追いかけていった。

第二十五話　バーの片隅で

「ティアリカ様が私を拒むだなんて……あぁ、これは夢だ。夢に違いない……夢なんだ……こんなのおかしい」

ホテルへは戻らず裏路地の暗がりをフラフラと壁伝いに歩く。

街の光が遠のくたびに、思考の陰りはさらに黒ずんでいった。

だが人の気配には敏感なようで、すぐに臨戦態勢に入った。

「誰だ。暗がりの中に潜んでも、その独特の気配はわかるぞ」

「ふぅん、さすがはゲオルさんの知り合いだね」

「お前は？」

「あの店の料理人。ティアリカにずいぶんご執心《しゅうしん》だそうだね。彼女をどうするつもりだ」

「お前には関係ないだろ」

「ボクは彼女がここへ来てからずっと様子を見てきた友達だ。妙なことをする気なら……」

言い終わる前にエジリが剣と銃を引き抜いた。

まともな会話ができそうにないと判断したユリアスは無形《むぎょう》の位《くらい》をとった。

しかし魔王討伐の旅に加わった者のひとりとして、彼女の動きは並以上のものだ。

臆することなくエジリの斬撃を躱していくが、ついにユリアスに銃口が向けられた。

「死ね！」

エジリが鬼神が如き裂帛《れっぱく》の声を上げる。

だが引き金は引かれることはなく、持った銃ごと手首をねじ込まれ、小手返しのように地面に伏せられた。

「あぐう！」

ユリアスは銃を取り上げ、そのまま後頭部に銃口を突き付けた。

「クソッ！　放せぇ！」

「この銃。なるほど、グリップが握りやすくて使いやすい。ボクでもすぐに扱えそうだ」

「な、なにを……」

「ティアリカにもこうして銃を向けるのかな？」

「……ッ！」


「君がティアリカを頼ってここへやってきたのは知ってる。思いどおりにならなくて癇癪《かんしゃく》を起こしてるのもね。……今度はどうする気かな？」

「黙れ……」

「実力行使で、ティアリカをさらうのか？　あの娘から笑顔を奪おうっていうのか？」

「黙れ！　あのお方はこんな街にいていい人じゃない!!　聖女として……世界を導く先導者として……ッ！」

「ティアリカは嫌がってるんだろう？　じゃあ無理強《じ》いなんて筋違いだ」

「だから……ッ！」

「はいそこまで。厄介ごとはもう終わりにしようぜ」

「ゲオルさん」

暗がりの中からタバコに火を点《つ》け、現れたゲオル。かつての仲間の見たくもない姿に彼は苦い顔をする。

「おう、もう放してやってくれ。なぁエジリ……お前が聖女の存在や、あの旅の時間を今もずっと大事にしてくれてるってのは、ティアリカも十分わかってる」

「だったら……」

「……悪ぃユリアス。ちょっとこいつともう一度、静かに呑みてぇんだ」

「勝手ばっかり言って……」

クルンと銃をスピンさせゲオルに渡すと彼女は機嫌悪そうに去っていった。

「……あーあー、しばらくはまかない抜きかもしれねぇ。おう、呑み直そうぜ。……あ、今日呑んでばっかだな。ハハハ」

「なんで、私と……」

「仲間と呑むのに理由いるか？　……今度はドンパチなしだ。酒場で、ふたりで、ゆっくり話す、オーケー？」

「お、おーけー……」

「いよっし」

荒《すさ》みすぎて逆に静かになったエジリを連れて、小さなバーへとおもむいた。

灯りの少ない薄暗いカウンター席で、ふたり並んで座る。

最初に呑むのはウイスキーのロック。

芳醇な薫りとフルーティーな味わいに酔いしれながら、気分を落ち着かせる。

「美味いだろ？」

「まぁ、うん……」

「さて、どこまで話したかな。あぁそうそう、お前が過去を大事にしてくれてるってところだったな」

「あのお方との出会いからのあの旅は、私にとって大切な思い出なんだ。人生の誇りだ」

「あぁ知ってる」

「辛い道のりだったけど、皆と過ごしたあの時間はほかの物なんかには代えられない。でも、でも……ッ！」

エジリのグラスの握る力が強くなる。

琥珀色の液体の中で揺れる氷に、一瞬の陰りが映った。

「私には、あの時間がすべてだったんだよ……。なんの取り柄も才能もない私にとって、あの思い出だけが……私の存在価値なんだ」

バカげたことを言いやがって。

そう言いかけた口を閉ざすようにゲオルは酒をあおった。

小雨のように少しずつ思いを零していくエジリの瞳には、ひと筋の涙が。

「教団のことを聞いたとき、もう目の前が真っ暗になった……。そしてティアリカ様もいなくなって……なんでこうなるんだって……我々が一体、なにをしたんだって……。だから、取り返さなきゃって……そう思ってェッ」

「だからお前は、お前なりに抗ったって？」

「……ゲオル言ったよね。バカなことをしたなって」

「正直、悪手も悪手ってな。連中が俺たちの情報を持ってないわけがない。そこから洗い出しゃ、犯人《ホシ》くらいわれるだろ」

「……殺し屋、来ると思う？」

「まだわからん。だけどよ……もしも困ったことがあったら、俺に声かけな。大抵あのキャバレーにいるからよ。今、俺は『何でも屋っぽいの』ってのをやってんだ」

「ふふ、なんだそれ……」

「この街にはどれくらいいるんだ？　あのホテル、結構値段張るだろ」

「そうだなぁ。しばらくはいる予定だよ。早く安宿探さないと……」

「諦めたってわけでもなさそうだな」

「最後にもう一度だけ、ティアリカ様と話したい。……謝りたい」

「そのあとは？」

「……わからない」

「お前らしいな。ま、人間やらかしたあとなんて大体そんなもんだ。しばらくは大人しくしてるんだな。俺がティアリカに伝えとく」

「恩に着る……」

「今夜は俺の奢りだ。ゆっくりしていけ」

カウンターにいくらか金銭を置き、エジリの肩を軽く叩いてやってからゲオルは店を出た。

店の外は案の定シトシトと雨が降ってきている。

「嫌な雨だな……」

ダンサー・イン・ザ・レインの一件を思い出す。

暗雲にまぎれて、この街に脅威が流れ込んでいる。

そんな気がして、つい肩をいからせたくなった。

一度キャバレーに戻ってエジリのことを報告しなくてはならない。

ティアリカはもちろん、支配人もユリアスも心労が絶えなかっただろうから。

第二十六話　暗黒銃士ヘシアン

都市の門が閉ざされるギリギリの時間に、その男は訪れた。

旅人と思しきマントに帽子、歳のわりには老け顔の強面に眼帯をつけた、長身瘦躯《そうく》。

彼は適当に選んだバーの隅の席で、静かに酒をあおる。

獲物を捕らえるため好機を窺《うかが》うハイエナのような殺意を瞳の奥に隠し、染みついた火薬の臭いを酒の香りで誤魔化しながら。


――ターゲットはこの街にいる。

テーブルの上でコインを器用に回した。

――――表、幸先良し。

仕事に入る前の簡単な占いだ。


店を出た直後、兆候は現実のものになる。

憂いを帯びたエジリが五十メートル先の安宿へと入っていった。

ターゲットを見つけた。男はすぐに準備にかかる。その宿の屋上が薄っすら見える距離。

いくつもの建物が入り組んで視界が最悪な貧民街の一角にある建物の屋上に、男は移動した。


ズゾゾゾゾゾゾゾゾゾ……。

男が操るのは影と闇を孕んだ霧。

気取《けど》られぬよう光と人の密集するギリギリを狙い、ターゲットまで近づく。


……ブルル。


霧の中から馬のいななき。

真っ赤な瞳をしたその黒馬は、頭を地面から覗かせ、物理法則を無視して、壁に対して垂直のまま移動を行う。

馬の目を通してエジリの位置を確認する男。

宿の三階、街の通りに面した部屋。

そこからの手際は早かった。

仕事道具の改造銃を取り出し、ガシャガシャと形状を変形させ、特殊なパーツを組み合わせたりする。

狙撃銃というには短く小さいが、この男にとっては十分すぎるほどの得物《えもの》となる。

(狙撃用弾丸装填……暗黒霧との視覚共有、ターゲット認識。法則歪曲による弾道補正。完了。狙撃まで十秒、……八、七、六……)


――――コツン。

黒馬が咥えた石を窓に放ってエジリの気を引く。

エジリが気になって窓のほうへ移動した直後、撃鉄は下ろされた。

吸い込まれるように弾丸は暗黒霧の中へ消えたかと思うと、ターゲットの腕めがけて飛んでいった。

「……え?」

エジリの左腕に鋭い痛みと脱力が襲う。

窓ガラスが割れたのと同時にうしろに倒れ込んだ。

(……し、下から撃たれた!? バカな……周りにそれらしい人物はいなかったはずッ!)

左上腕が抉れ、酸をぶっかけられたような熱と痛みがエジリに恐怖を抱かせた。

血を滴らせながら匍匐前進《ほふくぜんしん》で部屋を出る。

マントを破って腕を縛ると、廊下の壁に寄りかかりながら座り、銃を取り出した。

弾倉内の弾丸を補填し、襲撃に備える。

ほかの宿泊客がいないのがせめてもの救いだ。

「私を殺しに来たのか……？　どうする……どうする……このまま街へ出るか？　いや、出た瞬間に狙われる。ハァ、ハァ、げ、ゲオル、ゲオル……」

カチカチと歯を鳴らしながら、自分のことを気にかけてくれたゲオルの名を呟《つぶや》く。

脳裏には優しく微笑むティアリカの姿が。

……帰りたい。

命の危険にさらされて初めて、自らが犯した罪の重大さと、彼らの言っていた今の生活がどれだけ尊いものかがわかった気がする。

だが今さら後悔しても遅い。

どれだけ座っていたかわからないが、意を決してこの宿からの脱出を試みる。

これが最善の行動かどうかはわからないが、反撃するにも一旦態勢を立て直す必要があるだろう。

相手の能力は未知数だ。

まずは身を隠すことが先決であると、エジリは痛みと震える身体にムチを打って廊下の窓から脱出する。

「……逃げたか。無駄なことを」

男は暗黒霧で身を包み、その場から姿を消した。

男の思ったとおり、エジリは暗がりで狭い道を進んでいる。

ジワジワ恐怖と苦痛を与えながら殺せ。

これが依頼主からのオーダー。


男の名はヘシアン。

『暗黒銃士』の異名を持つ賞金稼ぎ崩れの、どうしようもない殺し屋。


「うぅ、クソ。ただの弾丸じゃない……妙な、力を宿している……回復薬じゃどうにもならないな」

エジリは小瓶を投げ捨て、息を荒くしながら壁伝いに歩く。

寒気と高熱で今にも意識が飛びそうだ。

「……ッ！　そこに、いるのは、誰だッ？」

暗がりの中に誰かいる。

返事はなくじっとこちらを見ているようだった。

エジリはさらに怒号を上げ銃口を向けるが、相手はピクリとも動かない。

まともな思考はできそうになく、引き金を引くとその影はバタリと倒れた。

かと思えば――――。

「う、うしろッ!!」

背後から近づいてくる邪悪な気配をすぐさま察知し、銃口を向けて引き金を引く。

だがそのドシャリと倒れた正体にエジリは絶句した。

人型の影と思っていたそれは形容しがたい違和感の塊だった。

無数の蹄《ひづめ》、怒り狂うようにいななく黒馬の頭部、触手めいて蠢く黒い霧という泡立つ不自然の権化《ごんげ》。

だがそれを視認した直後に幻のように消えた。

「う、ひ……ひ……ッ!」

ゲオルが言っていた刺客の可能性。

人間の暗殺者を想定していたが、予想を根底から吹っ飛ばされて理性がさらに削られていった。

(——……三、二、一)

ヘシアンの弾丸が、今度は居竦《いすく》んでいたエジリの脇腹を抉りとった。

「ぎぃいやぁあああああああ!!」

断末魔と同時に戦意喪失。

バタバタと這いずるように路地裏を駆け抜けていく。

「どこだ……出口……どこだッ! あれ、さっき来た場所……。クソ、ここで迷うだなんて……」

どれだけ光を目指しても辿り着くことはない。

ルートを変更しても同じ場所へと戻ってくる。

これも暗い霧の影響なのか、幻覚や幻聴まで現れ始め、周囲が異界じみてきた。

（……六、五、四、三、二……一）

また銃声が響き渡る。

暗殺というよりも狩猟というに等しい技、これがヘシアンのやり方だ。

「まだ生きているか。さすが、しぶといな。……そろそろ終わりにしよう」

とどめの弾丸を装填しようとしたとき、現場の異変に気が付く。

高位の魔導術式が展開され、暗黒霧を防いでいた。

「まさか……ッ」

数人の国家機密魔導官が音もなく現れ、エジリを囲むように陣形を組んでいた。

彼女のそばにはヘシアンも知る男性がひとり。

「コルト・ガバメント……さすがは情報が早いな。だが、私の仕事は終わったようなものだ」

ヘシアンは早々に暗黒霧を退かせて踵を返し、姿を消した。

脅威が去ったことでコルトとその部下に安心感が漂う。

「おい、ヘシアンの行方は？」

「ダメです。魔力感知システム、反応しません」

「そうか……。急いで彼女を基地の医療班に」

「病院は？」

「民間や通常の魔術ではこれは治せん……さぁ早くッ！」

怪我人の移送を部下たちに任せ、コルトは超人じみた跳躍を繰り返し建物の屋上へ。

雨はもう上がっており、叢雲《むらくも》からは月がのぞいていた。

涼やかな風が老体を引き締めるのを感じると、真っ先に脳裏に浮かんだふたりのもとへ行く決意をする。

「ティアリカ、ゲオル……このふたりも知らねばなるまい」

欲望渦巻くこの街に、ヘシアンという黒い影が今も潜んでいる。

金を貰って殺す、という機械的な意志だけで暗黒を蠢き、きっと今も機会を窺っているに違いない。

「忙しくなる……教団も奴を雇うなど……あまりにも手段に迷いがなさすぎる……」

タバコに火を点けてくゆらせるその顔は、全盛期の彼を彷彿させるほどの迫力を物語っていた。

第二十七話　立ち向かうべき理由

翌朝、コルトに連れられるゲオルとティアリカ。

基地内にある医療施設の特別治療エリアへと足を運ぶこととなり、神妙な空気が立ち込め始める。

「君たちにここへ来てもらったのは他でもない。君たちの仲間……エジリのことだ」

「あの、どうして……彼女になにかあったのですか!?」

「コルトさんよ。できうるならもったいぶらずに全部話してくれるとありがたいんだが？」

「実際に見てもらったほうがいい」

ナースや医師、研究員が行き交う廊下をこえて、辿り着いた場所は静かな一画にある個室。

ドアをノックして入ると、数人の医師が控えていた。

ベッドに寝かされた、全身包帯だらけのエジリ。

しんどそうな口呼吸を重く繰り返し、足や腕にいくつものチューブが差し込まれている。

変わり果てた姿のエジリに、ティアリカは思わず口を両手で覆った。

「……ッ、……ッッ!!」

「……もっと近くに行ってもいいか？」

「ああ、すまないが、しばらく外してくれ」

医師たちが去ると、ゲオルは近くのイスを引き寄せてベッドの傍に座る。

エジリはこちらの気配に気づく余裕もないのか、なんの反応も示さない。

目は虚ろで粘液状の唾液が少しからんでいるのか、わずかにゼロゼロと音がする。

「エジリ……」

ティアリカが呼びかけても、反応はない。

「俺がわかるか？」

ゲオルが呼びかけても、反応はない。

「ティアリカも来た。お前のことずっと心配してた。お前、話したいことあるんだろ？」

――――反応は、ない。

「……エジリ？　私です。ティアリカです……こっちを、向いて」

ティアリカも近づき、身を乗り出すようにエジリの頬に触れる。

彼女の肌はあまりにも冷たく、しかもティアリカが触れたことすらも気づいていない様子だった。

虚空を見つめる瞳に、ティアリカの悲哀の表情は映っていなかった。

「……コルトさんよ、俺らをここへ連れてきたってこたぁ」

「あぁ、教団からの刺客だ」

「誰だ」

「君も名前くらいは聞いたことがあるだろう。――暗黒銃士」

「……ヘシアンか。賞金稼ぎ崩れのイカレ野郎。アイツを選ぶとは、ずいぶんお目が高いじゃないか。いい塩梅《あんばい》に真っ黒に染まってきやがったな、あの教団」

「使われた弾丸は通常使用されるものではない。奴が狙撃のときに使う魔硝弾だ」

「魔硝弾!? かすっただけでも傷口を腐食と激痛に苛《さいな》ませるという……なんて、なんてひどい……」

「条約で禁止されている弾丸を奴は裏ルートで仕入れている。すべては、ターゲットを残忍に殺すためだけに」

「アイツの手口だ……暗闇の中からズドン……。奴の暗黒霧は健在か？」

「あぁ、我々数人で防ぐのが限界だ。それほどまでに奴の魔術は強力だ。……迂闊《うかつ》だった。まさか都市への侵入を許してしまうとは」

「ここは大陸一の大都市だ……と、アンタを慰めてやりてぇが、悪いな。そんな気分じゃねぇ」

ニヒルな笑みとは裏腹にゲオルの握られた拳からは血が滴っていた。

……殴られてもよかった、あわよくば殺されても。

コルトの表情からは、ふたりに対しての罪悪感と後悔の念がにじみだしていた。

しかし役職ある立場として、冷静にふたりに告げた。

「奴は危険だ。関係者である君たちの命も狙われる可能性もある。……しばらくはこの基地にとどまるといい。店には私から連絡しておこう」

「……とどまってどうするというのです？」

「ヘシアンは並の殺し屋じゃない。街に厳戒態勢をとっても、奴ならその合間を縫って襲いにかかってくるだろう」

「だから黙って指をくわえて見ていろと⁉」

「ティアリカ君ッ！」

コルトの一喝で再び沈黙が走る。

「わかってくれ。我々の権限とて万能ではない。ミスラにも伝えておく。なにか困ったことがあれば彼女を頼りなさい」

「立ち向かうべきです！」

「いち個人で片付けられる問題ではない。君たちの強さを疑うわけじゃないが……ともかく、今日一日は大人しくしていてくれ。部屋は用意してある」

コルトは静かに去っていった。

部屋の中はさらに重苦しい空気が充満する。

「ゲオル、私はどうしたら……」

「エジリは、もう……」

「……ゲオル、彼女は私のせいでこうなったのでは……」

「お前のせいじゃない」

「やり方はどうであれ、必死になって頑張って……でも、私はそれを拒絶してしまった」

「ティアリカ」

「情けない、ですね。私……彼女にあれだけ偉そうに言ったのに……あぁ……ごめんなさい、ちょっと」

ゲオルの隣に座るティアリカは顔を覆うように項垂《うなだ》れる。

——泣いていた。

その姿に一瞬ゲオルは目を見開く。

「……ティアリカ、エジリはな。お前ともう一度話したいって言ってた。謝りたいって」

「エジリが……？」

「お前のせいじゃない。タイミングが悪すぎたんだ。俺もお前も、コイツも……」

「でも……」

「あの爺さんにもっかい掛け合ってみる。仲間がボコボコにされて黙ってられないんでな。……ティアリカ、エジリのそばにいてやってくれ」

「いえ、私も！」

「エジリはお前と一緒にいたがってる。俺が一緒じゃ不粋ってもんだろ」

静かにドアを開けて廊下へと歩き出した。

進むたび、何人かは奇異な目で見てきたが、ゲオルは気にせず進んでいく。

見た目にも冷え切った無機質な廊下。

コルトはまだ近くにいそうではあるし、なにより居場所を知っているであろう人間に心当たりがあった。

少し話したくもあったゲオルは、挨拶がてら〝彼女〟の執務室のドアをノックした。

「どうぞ」

「ゲオル・リヒターだ」

「ゲオル？　ちょ、ちょっと待って！」

大きな物音が聞こえたあと、落ち着いた物言いでミスラはゲオルの入室を許可する。

「悪いな。突然押しかけちまって」

「ホントよ。アポをとるのは大事なんじゃなかったかしら？」

「……こりゃ一本とられたな」

「座ったら？　私になにか話があるんでしょう？」

「……お前こそいいのか？　なんか慌ててたみたいだったが」

「……。書類を見られたくなかったの」

「まさかとは思うが、お前まだホプキンスのこと気にしてんじゃねぇだろうな？」

コーヒーを淹《い》れる彼女の肩が一瞬震える。

「図星《ずぼし》か。……あんま思い詰めんな、とだけ言っとく」

「……それはアナタもじゃない？　お仲間があんな風になって」

ゲオルは答えず天井を向いていた。

カチャリと置かれるコーヒーの薫りは、あまり感じなかった。

「お爺様から聞いた。アナタのことも、ティアリカって人のことも」

「なら話は早い。お爺様に会わせてくれねぇかな？　話がしたいんだ」

「無駄よ。お爺様はもう基地を出た。行き先はいつも教えてくれない」

「じゃあ捜し回るさ」

「ダメよ。アナタたちは今、軍の管轄下にいるんだから勝手な行動は……ッ！」

「オタクらがヘシアンを追いたいのなら勝手に追えばいい。俺は俺でやらせてもらうってだけだ」

「ゲオル、今回のは今までとは違う。黒幕は、相手は世界も認めるジャガンナート教団。もう個人でどうにかなる問題じゃ……」

「それがどうした。こちとら魔王相手に命《タマ》ぁ張ったんだ。……それにな、俺にはどうしても動かなきゃならねぇ理由がある」

「理由って？」

「……聞きたいのなら、その代わりにお前の悩みをここでぶちまけな」

「言わないわよバカ」

「だったらなしだ。俺は行くぜ」

「だから待ちなさいって！　勝手な行動は許されないのよ！」

「俺には俺の流儀がある。これはアンタら軍だけのヤマじゃあねぇ。ケジメはつけねぇとな」

「ティアリカさんは、置いていくの？」

「できるなら、アイツを戦わせるなんてことはさせたくないんだが……」

すっかり冷めたコーヒーを飲み干してドアのほうへ向かおうとするも、ミスラに阻まれる。

「ここは通さない」

「どけよ」

「今回のことで彼らはより過激になる。ヘタをすれば抗争や侵略めいた教団拡大の危険もありうるわ。いくら本部が離れた場所にあるからって油断はできない」

「そりゃ大変だな。でもそうなったらそんときだ」

「え？」

「ヘシアンも教団も、越えちゃならねぇ一線を越えちまったんだ」

ニヒルな笑みから漏れ出るドス黒い怒りの感情。

ミスラに対しての威嚇の意志はないのだろうが、その鬼神めいた迫力に、彼女は背筋を凍らせ身を震わせた。

「悪い。ちょっとイライラして抑えがきかなくなってる……怖がらせちまったな」

ポンと頭を撫でてゲオルは部屋を出た。

静かになった部屋の中でミスラは緊張から解き放たれその場にへたり込む。

「あれが、英雄の……」

軍服の中は汗で濡れ、白い谷間に雫が滴る。


――あの男は強い。


その強さが羨ましくもあり、そして尊敬へと変わっていった。

どこか胸の中に熱いものを感じながら、ミスラは再び彼の言葉を思い出す。

「悩み、ね」

いつか話そうかな。

そんなことを考えながら、ゲオルを追いかけようという意志を消した。

第二十八話　エジリの遺言

何度か衛兵に捕まりそうになったり声をかけられたりされながらも、ゲオルは上手いこと軍基地を抜け出して街へと繰り出す。

誰かからの目線を感じながらも敵意はないので放っておいた。

しかし思わぬ声が背後からかかる。

「おう、なぁに捜してんだ？」

「あ、おかまいなく」

「おいコラァ!!　このウォン・ルー様が直々に声をかけてやったってのにその反応はなんだ！　ちったぁ先輩を敬うってことをだなぁ！」

「だぁからかまいたくねぇんだよ！」

「なんかのヤマか？　おう、オレにも……」

「手伝わせないッ！　金せびる気だろう。ってかホプキンスの件で報酬お前も貰ったろ!?」

「それはそれ、これはこれだ！」

「それもこれもねぇ！　今回は依頼でもなんでもない。個人的な人捜しだ」

「……このドでかい街で人捜し？　お前に探せるのか？　まだまだ知らないことばかりのお前にぃ～？」

「なにが言いてぇ？」

「わからないのか。オレに依頼を出せってんだよ」

「……なるほど、それで俺から金の匂いがってか？」

「そーゆーこと。どうだ～？」

「断る。ほかを当たれ」

「うぉい！」

「悪いな。今回は俺自身の問題なんだ。これ以上他人に首を突っ込まれたくない」

「……ワケありってやつかよ。ケッ、つまんねぇや」

ウォン・ルーはホプキンスの件での燃え上がりが忘れられないようで、だいぶ体力を持て余しているようだった。

ゲオルを見つけてまた荒事と金の気配を掴んだらしいが、ゲオルの態度に強くは踏み込んではこない。

そこらへんの線引きはできるのかと、ゲオルは内心感心した。

「あぁそういえば、軍が今夜警戒強化のために衛兵の数をメチャクチャ増やすそうだぜ」

「本当か？」

「あぁ、珍しいなぁＶＩＰが来るわけでもないのによ。今夜嵐が来るって話もあるのにな」

「……嵐、か」

「なんだ、気になることでもあるのか？」

「なぁウォン・ルー。もしもお前が逃げるとしたら、どの時間帯にする？」

「決まってるだろ。警備が多くなる前にだ。そうだなぁ、嵐が来る前にも行動はしたい。……それがどうした？」

「なるほど、いや、貴重な意見どうも。これで美味いもんでも食いな」

踵を返しながら、金子《きんす》を指で弾き渡す。

なんのことやらさっぱりのウォン・ルーだったが、思わぬ収入ににんまりと頬をほころばせて、スキップ交じりに去っていった。

（嵐が来る前に、か。だがヘシアンにとって嵐と暗闇は散歩道みてぇに慣れた世界だ。……そうか、コルトのおっさんが昼間に街へ出たのは身を隠しているヘシアンを捜すためか。恐らく街中におっさんの部下が潜んで調査してる。昼間ならまだ明るいから闇にまぎれながら動くなんて芸当は難しい。ヘシアンは慎重な男だ。動くのなら夜。しかも嵐という嬉しいおまけつき)

大方、夜の警戒強化の話も小耳に挟んでいるだろうが、ヘシアンほどの実力者なら関係はない。

「……よし、作戦は決まった」

ゲオルは真っ直ぐ軍基地へと戻っていく。

見張りの衛兵たちも戻ってきた彼に目を丸くしていたが、ゲオルからたちこめる気炎に息を呑み、誰も彼に声をかけられなかった。

隠匿されし英雄の眼差し。

ゲオルの拳は自然と強く握られていた。

「……入るぜ」

エジリの居室へと入る。

ティアリカはハッと振り向き、彼の顔つきが変わったことに驚いていたが、今はそれについて言及しなかった。

「エジリの容態はどうだ?」

「依然として変わらずです。回復魔術も試してみましたが……もう……」

「お前の術式でもか……」

「どれだけ言葉をかけても、反応はなにも……これではあんまりです」

「……エジリ」

ゲオルが顔を覗き込むも、彼女は荒い呼吸を繰り返すばかり。

弱り果てていく自分の身体と魂を繋ぎとめるので精一杯といった感じで、確かに呼吸ひとつするのにも烈《はげ》しく体力を消耗している。

「……ティアリカが目の前にいるってのに。……謝りたかったんだろうがよ」

「……」

「ティアリカはな、自分のせいでお前を追い詰めたんじゃないかって、自分がお前を拒絶したからこうなったんじゃないかって悔やんでる。お前、このままコイツに重いもん背負わせる気か？」

「ゲオル、もういいのです。やめてください……」

「……――ぁ」

ティアリカが悲痛そうな顔をした直後、エジリがしゃべった。

声帯を震えさせ、肺に十分な空気を入れつつ、まともに動かない舌にムチ打って必死に声をしぼりだす。

「ティ……ぁ……り、か……さ……ま」

「エジリ？　エジリッッ!?　えぇ、そうです。私です！　ティアリカです。ここにいます。見えますか？」

「……ご、め、ん、……な、……さ、い……」

「エジリ、ちがう……私が……私が……」

「ゲ、オル……」

「……なんだ？」

「い、ら……、……ぃ」

痛む腕を動かして、人差し指で部屋の隅にある木箱をしめす。

彼女の武器や備品が入っているものなのだが。

「ざい、さん……ぜん、ぶ……。売れ、ば、足しに、な、る……」

「――なにを依頼するんだ？」

「……ゴホ……うぷ……てぃあ、りか、さま、を、……守って、くれ……」

「……おう、やってやるよ。俺は『何でも屋っぽいの』だからな。その依頼、確かに引き受けた」

「……――ぁぁ……」

その言葉を聞いたエジリの目からひと筋の涙。

彼女はティアリカに頭を撫でられながら、安らかなる眠りについた。

ここでティアリカの涙腺が決壊した。

今まで溜め込んできた感情が爆発したのだ。

出会い、別れ、再会、そしてまた別れ。

「……いい奴に慕われたなティアリカ」

「グス……ぇぇ。アナタと同じ、私の素敵な騎士様です」

「あぁ、立派なナイト、んで、いい女だ」

ティアリカは答えず、エジリの手を包み込むようにしながらずっと泣いていた。

「……ティアリカ、夕方になる前に、俺は一度この街を離れる」

「どういう、ことです？　もうすぐ嵐が来ると言うのに」

「だからこそだ。俺は〝仕事〟をしなきゃならねぇ……」

ゲオルはエジリの備品の中から銃を取り出して、懐《ふところ》にしまった。

「……仇を討つのでしたら、私も」

「お前には別の仕事がある」

「別の？」

「……まだ、エジリの傍にいてやれ。土葬か火葬かは知らねぇが、色々ゴミゴミすることもあるだろ。

……アイツはお前のことが大好きだ。だからまだいてやってくれ」

ティアリカは黙ったまま、その場をあとにする彼の背中を見送った。

ほどなくして医師たちがゾロゾロとやってくる。

言われたとおり、彼らと話し合いをしながら事を進めていった。

戦いだけが仲間と寄り添う術《すべ》ではない。

それを改めて理解したような気がしたから。

第二十九話　拳と拳

嵐の前の静けさはすでになく、風が強まり木々が不気味な葉擦れの音を鳴らす。

これから起こる天地の荒れに、鳥は遠方へと飛び立ち、街でよく見かける猫たちはどこかに身を隠していた。

本能で感じ取れるほどの異様な重圧を孕《はら》んだ夜が近づいてくる。

恐怖は闇に溶け込んで、次の獲物を探しさまようのだ。

それを許さない男が、歩みを進めていた。

ゲオルはなるべく無心になって気を鎮めていたのだが、軍基地の中庭を歩いていると、それを削《そ》ぐ存在がぬっと現れる。

「どこへ行く気かな」

「……街の外でピクニック」

「こんな時間から？」

「アンタも来たいって？」

「そういうことではない。私は君を止めに来たのだ、ゲオル・リヒター」

コルトが厳つい表情で彼の前に立ちふさがる。

猛禽が如し眼光すら、凪《な》ぐように見据えるゲオルに、コルトは思いのたけをぶつけた。

「勝手に街に出て君が色々と動き回っていたのは知っている。しかしそれを止めなかったのは、ひとえに私の判断で君たちに不自由を強いてしまったがゆえのうしろめたさがあってのことだ。だがこれ以上は看過できない」

「なんでだ？」

「ヘシアンは一流の殺し屋だ。世界中の機関が奴の存在に手をこまねいている。あのエジリ君でさえなんの抵抗もできずにあのザマなのだぞ。……君は私の尊敬する平和の英雄であり、私の孫の恩人なのだ。これ以上、犠牲を出すわけにはいかん。君はここで待機し、あとは我々に任せるべきだ」

「それはできない。……〝仕事〟なんだよ。アンタと同じく」

「ゲオル君、これは街中の仕事とは違う。一歩間違えれば、いち組織との対立を招くことにもなりかねん」

「んなの昔からよくあることだ」

「君は……ッ！」

「それにな、俺には仕事って理由以外に、引けねぇ理由があるんですよ」

「理由……？」

「見ちまったんだ。アイツの泣いてるとこ」

「ティアリカ君か……」

「泣いてさ、スッゲー悲しそうにしてんだよ。こうすりゃよかったんじゃないか、ああすりゃよかったんじゃないかって。……そんな姿をさ、俺、見ちまった」

ニヒルな笑みに陰りを見せるゲオル。

思わず言葉を詰まらせたコルトだったが、彼の矜持がゲオルを死地に踏み出すことを許さなかった。

「不器用な男だな君は」

「お互いにね」

「今回の件、協力するというのは？」

「その答えはアンタが一番よくわかってるだろ。……お気持ちだけ」

「そうか、ならば仕方ないな」

ふたりの男が中庭で向かい合い、睨み合う。

時刻は夕方だろうか。

そろそろ外へ向かわねばならないのだが、勝負を避けるという選択肢は設けられていないし、そも避ける気もない。

「お互い時間がない。悪いが病室送りになってもらうぞ」

「そんなこと言ったら手加減できなくなるだろ」

「ふ、ならば容赦はなしだ」

半身で軽やかにタップを踏むゲオルに対して、腰を落としながらバッと両脇を閉めて、ゆっくり拳を前に出すコルト。

お互い数秒の様子見から、電光石火で技が繰り出されていった。

ゲオルの水のように自由で鋭い拳打に対し、コルトの岩のように重く硬い拳打が幾度もぶつかり合う。

「ちょ、ちょっと何事!?　ふたりともなにしてるの!?」

「ゲオル、これは一体……ッ!?」

騒ぎを聞きつけたミスラとティアリカが駆けてきた。

戦いの勢いは増し、ぶつかり合うたびに衝撃波がふたりの頬を薙《な》いだ。

「ぬぅん!!」

コルトが長年積み上げてきた技術から生み出される正拳突き。

沈み込むような重心から生まれる加速度と拳圧がゲオルの防御を貫いた。

「へ、バケモンじみたパンチ出しやがる……」

「まだまだ余裕のようだな。もう少し本気を出してもよさそうだ」

「ふん、来いよ。ヘシアン前のウォーミングアップだ」

鼻を親指でこすり、ドッシリと構えるコルトにジリジリと詰め寄るゲオル。

ミスラとティアリカがなにか叫んでいたが、強風にかき消されてふたりの耳には入らない。

距離が縮まるたびに濃密になっていく闘気の渦に、風が乱れているくらいだ。

互いの制空権が触れ合った直後、今度は足技を織り交ぜた殴り合いが始まった。

コルト得意の上段回し蹴りが猛威を振るう中、ゲオルもアクロバットな動きで連続蹴りを放っていく。

「君を行かせはせん!」

「余計なお世話だ!」

思いと思い、信念と信念が磨き上げられた技となりぶつかり合う中、一向に進展しない状況に先手を打ったのはコルトだった。

「でぇえりゃああ!!」

ゲオルの蹴りを躱して肉薄すると、恐ろしく速い一本背負いを繰り出す。

ゲオルは地面に叩きつけられる前に足で地面を蹴るように着地。

「こんの、やろぉお!!」

そのままコルトを掴んだ状態で、ワニのデスロールのように回転し、コルトのバランスを崩した。

そのあとはボクシングめいた動きで滅多打ち。

コルトも防御しつつ応戦するも防戦一方。

「悪いな……これでッ!!」

コルトの拳を沈み込むように避けながら右足で彼の顎を蹴り上げた。

「ぐっふッ!!」

大の字になって倒れるコルトを見下ろし、殴られた痕《あと》の痛みに顔をしかめる。

長い時間戦っていたような気がするが、思っていたほど経っていないようだ。

実に濃密な時間だった。

「……俺ぁ行くぜ」

踵を返して外へ向かおうとしたとき、ミスラがすごい剣幕で走ってきて彼の胸倉を掴む。

「なにしてんのよアンタ!!　どうしてお爺様を!!」

「なりゆきとしか言いようがない」

「ワケわかんないこと言わないで！　アンタ自分がなにをしたかわかってんの!?」

ミスラの手が上がった直後、ティアリカが申し訳なさそうに両手で掴んだ。

「ティアリカ……さん」

「ごめんなさい。私が責任をもってアナタのお爺様を治療します」

「そういう問題じゃない。……コイツは私の大切な人を」

「……ミスラ、行かせてあげなさい」

「お爺、様……？」

「彼を止めるつもりだったが、もうその必要はない。責任は、私が取る」

その言葉でミスラは落ち着きを取り戻したため、ティアリカは掴んでいた手を離す。

ゲオルは起き上がったコルトに軽く会釈し、再び外へと向かった。

託された以上、負けられない。

もとより負けるつもりはない。

「思わぬ喧嘩になっちまったが……まぁ悪くなかったぜ」

本気の殺し合いではないにしろ、コルト・ガバメントの実力にゲオルは少々自信をなくしそうだった。

あれが全盛期のころだったらひとたまりもなかっただろう。

さらに魔術を行使しながらの戦いであれば、たとえ勝ったとしてもヘシアンと戦うどころではなかった。

ゲオルがこうして考えていることをコルトも考えていた。

ただの殴り合いとはいえ、かの英雄であるゲオルの実力がこれだけのはずがない。

だいぶセーブしたのは、おそらくミスラを思ってのことだろう。

「私も老いたな……」

ティアリカに治癒してもらいながらも呟くと、ゲオルの背中に視線を送る。

「ま、色々考えても仕方ねぇ！　うし、行くかッ！」

ゲオルは気分を入れ替え、新たなる戦闘の地へと向かった。

第三十話　暗黒霧と狙撃手

雨風渦巻く暗黒の道を、黒い馬が荒く蹴り上げる。

ぬかるみや向かい風すらものともせず、ただ、背中の主を教団へと送り届けるために。

あとは帰還するだけという、単純な道のり。

そのことを信じて疑わないヘシアンは、夕食に食べたラム肉の余韻を口の中で転がしながら風を切って進んでいたのだが……。

「ぬぅ⁉」

灯りなぞ点けていない。

それでも〝彼〟を見逃さなかったのはヘシアンの能力ゆえか。

黒い馬は目の前の障害物を避けるため、高く跳躍し、数メートル先の地面に見事着地した。

そのまま進むことはなく、その場に静止。

ヘシアンは背後に視線を送り、道のど真ん中で立っていた男、ゲオル・リヒターを見やる。

「よう」

ゲオルは臆する様子もなく軽く挨拶をした。

「……小僧、ヒッチハイクは道の端っこでやるものだ。轢《ひ》き殺されたかったのならすまなかったがな」

「悪い、せっかちでね。どうしても止まってほしかったんだ」

「なに……？」

不穏な空気、揺れる木々。

稲妻と雨がふたりのシルエットを浮き彫りにし、より濃密な空気をかもし出していた。

「……私になんの用だ」

「――――〝仕事〟でね」

「仕事？　仕事だと？　ふん、そうは見えんな。……お前の目はこれから仕事をする者の目ではない。私怨と焦りで澱んだ半端者の目だ」

「目ン玉占いか？　さすが一流の殺し屋だ。多才なことで」

「小僧、いや、ゲオル・リヒター。お前に出会えるとは思っていなかった。殺しの対象になってはいなかったが、いいだろう。……サービス残業だ。手っ取り早く終わらせてやる！」

黒い馬がいななきとともに棹立《さおだ》ちになるや、勢いよくゲオルに迫る。

ヘシアンは右手にナタのような分厚く長い剣を持ち、左手には銃という近・中距離でも対応可能な装備で挑んできた。

「ふっ!!」

「かぁあッ!!」

大鎌と剣がぶつかり、風雨をかき消すような火花が飛び散る。

続いてヘシアンの銃撃。

ゲオルが数発の弾丸を防いでいる間に、またヘシアンの接近を許し、またも一撃交える。

機動力も斬撃の重さも段違いだ。

(動きが普通の馬とは全然違う。魔物の狼みたいに縦横無尽に駆け抜けられる。普通だったら足が全部圧《へ》し折れててもおかしくないってのに)

闇夜に光る真っ赤な瞳が、エフェクトめいた帯を引きながら、ゲオルの周囲を神速で駆け巡る。

馬上ゆえ本体が狙いにくい。

さらに馬の突進力を使った攻撃を仕掛けてくるヘシアン。地面を蹴り上げるパワーが剣に上乗せされることで、単純な破壊力だけならゲオルの大鎌にも匹敵する。

「つうしゃぁあああああああああ!!」

乱回転による遠心力と重量の斬撃結界。

大鎌の高速乱舞はヘシアンの突進を射竦ませ、軌道を変えることに成功した。

「もらったぁあああ!!」

ほんの一瞬の隙。

ヘシアンが乱舞をよけて通り過ぎる際の、わずかな意識の途切れを見逃さず、ゲオルは一気に跳躍して大鎌を振り下ろした。

闇夜に美しい放物線を描きながら、刃はその命を刈り取る、はずだった。

（……ヘシアンが、消えたッ!?）

真っ二つになった黒い馬の上には、初めから誰もいなかったかのように、ヘシアンの存在のみが消えていた。

周囲を見渡そうとするも、生前エジリが見た馬の異変に気がつき、不気味な戦闘の空気に巻き込まれていく。

「マジもんの化け物だな。こんなエグイのに乗ってやがったのか」

ヘシアンが使役していたのはただの魔物の馬ではない。

ある場所では『闇の妖精』として恐れられ、またある場所では『パンとビールの女神』として崇められてる。

どちらにしても、その核となる性質は凶暴にして残忍そのもの。

破壊と嵐を体現したようなこの馬を、どんな魔術で使役したというのか。

気になるところではあるが今はそれを考えるより、とにかく生き残るために身体を動かすべきだ。

姿を隠したヘシアンが気になりつつも、今はこの黒い馬の相手に専念する。

「……この私に真っ向から挑むなど、死にたがりもいいところだな」

一方、ヘシアンは現場から離れた位置で銃を組み立てていた。

エジリを穿《うが》った狙撃銃。ゲオルが黒い馬に気を取られている今がチャンスであると銃を構える。

(狙撃用弾丸装填。視覚共有による多角的認識度、明瞭。ターゲット捕捉。法則歪曲による弾道補正。命中率九十七%。狙撃まで十秒、九、八、七、六……)

カウントダウン後、弾丸は超高速で発射される。

吹き荒れる雨風をものともせず、むしろそれらを味方につけているかのように。

「――――ヤベッ!」

死線を潜り抜けてきた者の直感は計り知れない。

一方的な殺しではなく、戦闘という一歩間違えれば死に至る状況での場数はゲオルのほうが遥かに上だった。

元々の才もあってか、神懸かりな直感はゲオルの肉体を瞬時に動かした。

(ギリ躱せたか! あっちから撃たれたな……)

(ほう、乱戦下の中であの危機対応能力! だが、それで私に勝てると思うな)

現にゲオルが予想しているヘシアンの立ち位置は的外れだ。

暗黒霧はすでに立ち込め、ヘシアンの弾丸はどの方向からも出現させることが可能だから。

黒い馬の凶悪な猛攻で足止めさせ、正確無比なスナイピングで冷静に仕留めにかかる。

これぞヘシアンの戦法だ。

(かすりでもすりゃアウトだ……さっさと捜してぶちのめさねえと)

（このまま放っておくか？　いや、仕留める。英雄相手のハンティングだ。今度は心臓部を撃ち抜く）

黒い馬の猛攻を躱しつつ、ヘシアンの狙撃を防ぐ。

一見絶望そのものだが、その絶望が彼に〝ある決断〟をさせた。

大鎌を風車のように回転させながら、双方の攻撃を凌ぎつつ、そのときをじっと待つ。

「ジリ貧だな英雄。私の位置をまったく把握できていないようだが」

「シャイも大概にしろ。悪いがもう時間切れだぜ」

「時間切れ？　なんのことだ？」

ヘシアンは弾丸を装填しながら、暗黒霧の中で不適に笑むゲオルに怪訝な色を浮かべる。

この状況下で、奴が勝てるわけがないのだ。

戦いの中で、ゲオルは何度も暗黒霧の中へと突っ込んだが、結局元の位置に戻されるだけだった。

黒い馬に追いかけまわされるたびに、ゼイゼイと息を切らし、何十キログラムもある大鎌を振るえば、それはとんでもなく体力を消耗する。

体力の消耗は集中力をも摩耗する。

戦場で集中力を失うことは、死を意味することくらい新兵でもわかる。

「そろそろいこうか。〝死神〟を怒らせたこと、死ぬほど後悔させてやるからよ」

その言葉を皮切りに、ゲオルの仕掛け大鎌に変化が起きる。

第三十一話　E1《エル》の名を冠して

ゲオルを中心に広がる異常重力の歪み。

その作用は彼が持つ仕掛け大鎌の力が起因していた。

「仕事だ。――――E1《エル》・ディアボロ」

大きな駆動音を響かせながら、周囲に稲妻めいたエネルギー波を展開させる。

ゲオルのこれまでの疲れやダメージが嘘のように消えていく様に、ヘシアンの顔が一変した。

「あれはなんだ？　あんな力があるとは聞いたことがない。……仕掛け魔装は凄まじいエネルギーを蓄えた特殊な機構武器。通常武器よりも多少強いというだけの代物ッ！　……それよりもさらに〝先〟の段階があると？」

黒い馬もゲオルを警戒するが、威嚇しながら周囲をグルグルと回るだけだ。

すべての攻撃には間合いがある。だが、今のゲオルの攻撃の間合いに入ればどうなるかわからない。

「……ふん、小賢しい！　そんなもの、遠距離攻撃で正確にブチ抜けばッ！」

狙いは正確。

弾丸はゲオルへと飛翔し、そのまま行けば心臓を貫くはずだった。

しかし弾丸は軌道を大きく逸れながら塵芥《ちりあくた》となり消えていく。

「無駄だ。テメェの攻撃は永遠に届かねぇ」

ゲオルは静かに瞳に怒気を宿らせながら、大鎌を構える。

『グワァァァアアアアア!!　グワァァアアアアアアアアアアアアアアアァッ!!』

突如大鎌が生き物のようにガチャガチャと蠢き、雄叫《おたけ》びを上げた。

それにかまわずゲオルは大鎌で虚空を振り抜く。

「ふん、まぬけが。斬撃を飛ばすとかそういうのか？　私はその方向にいない。なにより、この暗黒霧に包まれたこの私に攻撃を当てることな――――」

――――バシュウウウッッッ!!

「……え？」

ヘシアンの肉体が一瞬揺れたかと思うと、脱力感が自身に襲い掛かる。

遅れてやってきたのは凄まじい激痛と困惑と絶望。

「な、なにぃぃぃぃいいい……ッ!!」

銃を支える左腕を肩ごと斬り落とされていた。

「ぐ、が……、ああ、ああああああ……ッ!!」

なにが起こった？

奴はなにをした？

おかしくなりそうな頭の中で必死に考察するヘシアン。

ゲオルの斬撃は大鎌を振るった方向に関係なくヘシアンに命中した。

これの意味するものが、てんで理解できない。

「……これやると疲れるから、あんまやりたくなかったんだわガチで。でももうそうは言ってられなくなったからな」

「し、仕掛け魔装の、本来のパワーというわけか」

「とんでもねえエネルギー量だろ？　少なくとも人間や魔物で処理できるレベルのもんじゃあない」

彼特有のニヒルな笑みの中に隠された暗く底知れない力。

人智を越えたパワーを使いこなすゲオルが本当の死神に見えて……。

いつの間にか暗黒霧は消え去り、嵐の過ぎ去った夜闇と月が空にあった。

黒い馬はいつの間にか真っ二つにされて、再起不能になっている。

こんな現象は生まれて初めてだった。

「まさか……そんな……そんな……」

「さて、本来ならお前なんざ首を落として、はい終わりでいいんだ。仕事としてはな。でもそれじゃあ俺の気が済まないってわけ」

「……仕事に私情を持ち込むだと？　……馬鹿め、ここまでくれば私とてどうにもならない。さっさと殺せ」

「右腕が残ってんなら、銃くらい使えるだろ？」

「なに？」

「立てよ。ここからはお互い小細工はなしだ」

「……愚か者が。後悔させてやる」

懐にしまってある銃を見せながら笑みかけるゲオルの態度が気に食わなかったのか、ヘシアンは歯軋りしながら立ち上がる。

あのときゲオルに死神のヴィジョンを見たが、今は違った。

自分こそ死神なのだ、お前はまがいものだと。

痛みの中で、そんな意地が芽生えてくる。

「いいねぇ。そうこなくっちゃ」

「懐でいいのか？　腰に差したほうがより早く抜けると思うが」

「プロの意見あんがとよ。でも俺は、これでいい」

「なに？」

「この銃はただの銃じゃないって言いたいんだよ」

「……見た限りただの銃にしか見えんが、ふん、いいだろう」


雨はあがり、風は止む。

月明かりに照らされた男がふたり、静寂なる闘争の空気に身を委ねていた。

一種の心地よささえ感じるのは、死がさらに近く感じられるからだろうか。

数秒の沈黙の中、月が薄い雲に隠れる。

月が再び顔をのぞかせたその瞬間、勝負が決まるのだ。

そして運命の時。

ふたりの男が神速が如き手さばきで銃を引き抜き、引き金を引いた。

「ふ、ふふふ、ふふふふふ……」

ヘシアンが嗤《わら》った。

ギリギリと銃握に込める力を強め、佇むゲオルを隻眼で睨《ね》めつけながら。

「ふは、ふはははは……う、がふっ！」

ヘシアンは負けた。

早撃ちにも自信があったヘシアンの心は、その穢れた命ごと砕け散る。

ドシャリと倒れる凶人は二度と立ち上がることはなく、雨のぬかるみに身を沈ませていた。

「……ありがとよ。エジリ」

ホルスターはもちろん、エジリの持つ銃は本当に使いやすい。

懐に入れていようが腰に差していようが素早く引き抜けるようにデザインされている。

彼女の性格上、早撃ちなどは苦手であるためそういう特注品にしたのだろうが、それが功を奏《そう》した。

なにより、ゲオルはこの銃を使いたかった。

この銃で見せ場を作ってやりたかったから。

今思えば、それすらも不粋なのかもしれないが。

「……お前がやったんだ。これはお前の手柄だぜ、エジリ」

ゲオルは懐にしまった銃をポンポンと撫でながら踵を返す。

ふと、返事が聞こえた気がした。

いつものように、かつてのように悪態をつきながらも言葉の端々に信頼を含ませながら、応える彼女の声が。

そんな幻聴に思わず笑いながら、ゲオルはタバコに火を点けた。

「明日はキチッと晴れそうだな。しばらくは、雨も嵐もごめんだぜ」

街に戻るとティアリカたちが出迎えてくれた。

無事を祈ってくれた皆に囲まれながら、『キャバレー・ミランダ』にて祝い酒を愉しむ。

「……そうでしたか、あの娘の銃を使って」

「あぁ、これなら安心してあの世に逝けるだろうぜ」

「驚いたよ。まさか、あのヘシアンを倒してしまうとは……」

「アイツも強かったが、アンタとの殴り合いのほうがよっぽど堪えたね。もう二度とごめんだ」

「ふふふ、君の体術からは学ぶものが多かった。もっと強くなれそうだよ」

「それ以上強くなってどうするんだ。また俺に挑むとかやめてくれよ？」

「さぁ、どうかな」

「もう、お爺様ったら。……なぁんで戦闘狂しかいないのかしら私の周りって」

「でだ。……おい、なんでお前がいるんだよウォン・ルー」

「水臭いこと言うなよ兄弟。同業者同士これからは仲良くやろうぜ？　な？」

「なぁにが仲良くだ‼　てか兄弟って、俺ぁお前と盃《さかずき》交わした覚えはねぇ‼」

「さっき交わしたろ」

「ありゃ乾杯の音頭だ！」

ワイワイギャアギャアと小うるさい空気。

それは再び日常へと戻ってこられた福音の印。

美味い酒と料理の味の中に、心の平穏を噛み締めながら。

第三章

CHAPTER 3

第三十二話　蒼炎の女

「なぁオルタリア、考え直さないか？　今ならまだ間に合う。王もお前を大層気に入っておられる」

「生憎、私は王の女になりに来たんじゃないの。そういうのはアナタがやれば？」

「バカな。王の寵愛を受けられるのは、我々ヴァルキリー部隊の者にとってどれほど栄誉なこと……ってうわ、なにを!?」

「なにって新衣装！　ふふふ、開放的でしょう？　一度こういうの着てみたかったのよ。特注よこれ。高かったんだから」

「い、い、衣装!?　そ、そんな格好が……」

「アハハハハ！　そういう反応待ってたの。大好き！」

「肌がほとんど出てるというか、もう下着姿じゃあないか！」

「そう見える？」

「そうにしか見えない！」

「まぁ、あとはなにかしらで飾れば大丈夫でしょ」

「大丈夫じゃない！」

「んも～お堅いわねぇ。顔赤らめちゃって、かーわいい」

「く……」

「あ～、ようやく堅苦しい格好から解放された！」

あらゆる曲線美を強調するその衣装。

途轍もなく豊満な乳房を包み込む布地、月明かりで白く浮かび上がる鎖骨。

彼女の名は『オルタリア・グレートヒェン』。

エキゾチックかつ、黄金比率に愛されたような肉体を持ち、腰まで届く蒼みがかった銀色の髪は揺れるたびに見る者の心をわきたたせる。

紫がかった赤い瞳は何者をも魅了する。まるで聖母のような眼差しで、一見慈悲深い顔立ちをしている。

だが、その扇情的な美しさとは裏腹に性格は好戦的かつ好色なものだった。

それはこの国にとって、なくてはならないのだが……。

「お前がこの国を抜けることがどれほどの損失かわかっているのか？　なにが不満だ？　待遇が気に入らないのなら私もかけあおう」

「……ねぇ、私が初めてここに来たときのこと覚えてる？　私はね、刺激が欲しいの。本当に死んでしまうくらいのね。ここでの生活はわりと面白かったけど、燃えるほどでもなかったかなって」

「そんな理由で!?」

「正直、虚しい。私は私の輝ける場所を探すわ」

「輝いていたじゃないか！　お前は戦場でどれほどの成果を……ッ！」

「成果よりも刺激よ刺激！　コイツと殺し合いたい、この人を愛したい。そういうのをギリギリの一線まで感じたい。こんな楽しいことある？」

「バカな!!　そんな、……そんなくだらない理由で」

「あら、私の人生よ？」

「……王への忠誠はどうなる？」

「忠誠は王を満たせても、私を満たしてはくれない。ごめんね。私やっぱり一匹狼気質みたい」

「そんな……」

「私には丁度いいわ。この格好もその象徴ってね」

そう言ってオルタリアはクルリと回って見せる。

美しくくねらせる腰に、それに合わせて揺れる髪。

本人にその気がなくとも、相手をその気にさせてしまう。

さながらそれは魔性じみた天性の美貌と肉体を兼ね備えたサキュバスのようであった。

「お気に召さない？」

自分のやりたいことをやる、世間のしがらみや常識などよりも、己の思うままに生きる女。

ここまでくると、もう同僚も諦めかけてきたのか、声のトーンが落ちてきている。

「確かにそういった格好をして戦う女はいるぞ。だがその在り方は罪深き悪女の域だ。しかもこの王国で不死の聖女とまで言われた者が、王以外にそうも肌を晒すなど」

「あら、自分の魅力は自分で発信していくものよ？　変に着飾ったり言いつくろうよりずっといいわ。それに勘違いしないで。王《アイツ》の前で脱いだことなんて一度もないから」

「いや、だからってなぁ」

「それにこの格好のほうが、私の『能力』的に都合がいいのよ。これなら誰でも傷を付けやすいでしょう？」

まさに聖母のような微笑を浮かべる悪魔だ。

同僚はその言葉に怖気《おぞけ》を走らせる。

彼女の〝真の恐ろしさ〟を戦場で常に目《ま》の当たりにしてきたからだ。

今のこの女はまさに、野に解き放たれんとする狼そのもの。

ここで手放してはならないと、引き止めにかかる同僚に一気に熱が入る。

「なぁ、やはりお前は抜けてはダメだ。お前ほどの戦力が抜けることで、どれだけ士気が下がるか！」

「残念だけど、もう決めたことよ」

「そんなの王が許されるはずがない。それはただのワガママというものだ。……考え直せ」

「ごめんね。お金とか地位じゃないのよ。それに、ワガママなんて上等じゃない。こんなイカれた時代だからこそね」

「そんな生き方は野蛮で低俗な輩がすることだ!!　根無し草なぞみっともない！」

同僚の言葉をよそに、オルタリアは窓のほうへと歩み、カーテンを大きく開くと一気に窓を開放した。

「素敵じゃない。きっとスリルに満ちてるわ。私が欲しいのはそういう自由」

その直後、オルタリアは窓の外へと身を乗り出し飛び降りるような体勢になる。

因みに、ここは城の二階部分に該当するのだが。

「こら待て！　お前まさかこのまま……ッ！」

「ごっめ～ん。王様に辞めますって言っといて。じゃ、あとはよろしく」

そう言って投げキッスをしたのち、華麗に宙を舞いながら下へと降りていく。

同僚の制止を振り切り、彼女は今日この日、自ら居場所を捨てた。


――――夜闇に紛れて、鳥たちがはばたいた。


オルタリアがいた窓に二枚の羽根が舞い降りる。

同僚はそのうち一枚を拾いながら、自由を求めて城を出たオルタリアの、これからの身を密かに案じた。

窓の外側から大きい蜘蛛が伝うのを視界に入れる。月を仰ぐように脚を宙で振り回し、糸を編んでいる姿を見ながら、同僚は羽根を握りしめた。

オルタリアが向かうのは自由の大地。

五年の間に築き上げた武功は数知れず。

時は満ち、彼女の足は引き寄せられるように『かの都市』へと向かって行った。

第三十三話　デートとオルタリア

「ゲオル！　さぁ早く！　こっちですよー！」

「おい待てよ。……ンな急がなくても服屋は逃げねぇって」

ティアリカはワンピース姿でパンプスのヒールを石畳に響かせながら、うしろをついてくるゲオルに手を振る。

陽の光に照らされる純白のワンピースに身を包み、別離の悲しみを乗り越え、満面の笑みを彼に向けた。

今日は久々の買い物デート。

エジリの分まで強く生きると決めた、彼女たっての要望。

無下《むげ》にできる理由などあるはずもない。

(とは言え、この暑さはヤバいな……なんでティアリカ元気なんだよ)

これが若さか。

などと心の中でとぼけながら、目的地のショップまで辿り着く。

小洒落た内装の店内に並ぶ服の品揃えは、いかにもハイカラな感じがしてゲオルの肌にはあまり合わなかった。

若い女の子や、カップルが来るような明るい雰囲気に慣れず、ゲオルが視線をキョロキョロさせているとティアリカが声をかける。

「なにをしているんですか。早く、こっちですよ」

「よりにもよってなんでこういう店なんだよ」

「いいじゃないですか。お気に入りなんですよ」

「ネクタイ選びにこの店のチョイスか？」

「ここ結構、品揃えいいんですから。アナタのネクタイ、もうヨレヨレでしょう？」

「まぁそりゃそうだが……うん、まぁ任せる」

「オッケー！　……ん、これなんてすっごく似合いますよ。……あ、これもどうです？」

「……明るすぎないか？　俺のイメージじゃないだろ〜」

「少し明るいほうがいいと思います」

ゲオルの趣向からは外れていたが、懸命に選ぶ彼女の姿をじっと見ていたくなったので、しばらく黙っていることに。

ティアリカに自分はどう映っているのか。

姿見越しの変な顔を見ても、窺い知れることではない。

（ま、幸せそうならいいか）

数十分悩んだ末に選ばれたのは、薄いピンク色のネクタイ。

ふふんと自慢げに胸を張るティアリカの横で、ゲオルはニヒルな笑みをこぼした。

「……これ、今着けないとダメか？」

「はい」

会計後に身に着けたネクタイは普段着けているのとは生地が違うため、ゲオルは若干の違和感と気恥ずかしさを感じながら、ふたりは再び別の場所へ足を運ぶ。

（う～ん、落ち着かねぇ）

「どうしましたゲオル？　……うん、やっぱりすごく似合ってると思います」

「……ま、お前がそう言うのなら？」

「ふふ、大事にしてくださいね」

暗黒銃士ヘシアンとの激闘から早一ヶ月。

都市『ヘヴンズ・ドア』に風が涼しさを運んできたようで、段々過ごしやすい気候へと変化していく。


もうすぐ秋の季節だ。

店舗では季節に合わせた衣装や装備がポツポツ展示され始めていた。

品数はまだ少ないが、もう少し日数が進めばズラリと揃えられて大盛況となるだろう。

誰もが慌ただしく、遥か向こう側で流れる入道雲を背景に動き回っている。

しかしそれでも暑さはまだまだ猛威を振るう時期だ。

真昼ともなれば、なおのこと。

「なぁ少し休憩しないか？　こう暑いとどうもあれだ」

「ゲオルって暑いときでもそういうカッコしますよね。夏服とかないんですか？」

「俺はピシッと決めていたいんだよ。暑くても上着脱ぐくらいでいい」

「いや、その結果うだってるんじゃ意味ないじゃないですか。んもう、こんなことならあの店で夏服も買えばよかった。まだ品があったのに」

「いやいやもう衣類は結構だ。かさばるだろ」

「……まさか一張羅《いっちょうら》とか？」

「こだわりがあるの！　さぁ、もう行こうぜ。腹減っちまったよ」

「あ、ちょっとゲオル待って！」

そそくさとゲオルが次の曲がり角へと向かおうとし、タカタカと走ってくるティアリカのほうを振り向きかけたとき、……事故は起きた。


――――ムニュ。


「へ？」

「あ？」

「およ」

ゲオルの右手に柔らかな感触と布地のゴワゴワとした感触。

その正体と余裕を感じる声の主を見た瞬間、ゲオルはサッと血の気が引いた。

「あらあら～。今日はラッキーデイかしらお兄さん？」

「うぉぉああああ!?」

「ちょちょちょちょちょゲオル！　アナタなんてことをぉぉぉ!!」

「アハハ～、さすが大都会。賑やかね～」

声の主は女性。

エキゾチックな見た目とフランクな性格で、ゲオルが自分の乳房に触れたことを軽く流している。

「あ、あの！　連れが大変申し訳ありません!!　このお詫びは、えと、えと……彼の小指を代わりに……」

「うぉい!?」

「いいっていいって、今日は気分がいいのよ。見逃してあげる。……あ～でも、そうだなぁ～。ねぇ、じゃあお詫びとして、ご飯奢ってくんない？」

「え、飯か？　そういやもうそんな時間か。え～っと……」

「ゲオル、ここは逃げずに彼女に食事を奢るべきです。……まさか金欠だからとかで」

「いやいや、そんなこたぁねぇよ！　うし、じゃあなにか食いに行こうぜ」

「ふふ～ん、ゴチになりまぁす」

（俺の勘だけど多分、財布は犠牲になる。だが助かった。もうすぐで社会的に死ぬところだったぜ

……）

「じゃあ～、あっちの店なんてどうかしら？　なんか美味しそうだし」

「おう、いいだろう。ティアリカもあそこでいいよな？」

「えぇ、行きましょう」

◇◇◇

料理店の奥の席へと3人は向かい、それぞれ料理を頼んだ。

「あ、自己紹介がまだだったわよね。私はオルタリア・グレートヒェン。傭兵やってたんだけど、今日からここで暮らすことにしたの」

「オルタリア・グレートヒェン……？　マジかよ、あの『不死と鮮血の聖女』か!?」

「え、知っているんですか？　っていうか、聖女!?」

「あぁ、聖女って言っても大した意味はないわ。勝手にそう呼ばれてるだけ」

「戦場に勝利をもたらすって意味合いを込めて、だっけか？」

「でもだからって聖女なんてつける？　おかしすぎよ」

「……この街に来る前にアンタの名前は何度も聞いたよ。殺されてもよみがえる、不死鳥の化身ってな」

「あらあら、そうも言われてたわけ。まぁそのとおりっちゃあ、そのとおり」

「どういうことです？」

「そういう『力』があるのよ。あ、料理来たみたい。ほら食べよ食べよ！　もうお腹ペコペコなの」

「俺の奢りだ。たっぷり味わってくれ」

しかし彼女の食べっぷりは凄まじいもので、驚くほどたくさん頼んだにもかかわらず、みるみるうちに皿が空になっていく。

(あ〜、やっぱそうなる？　もうどうにでもなれアハハハハハ)

(あの身体のどこにそれほどの量が……ま、まさかあの胸に全部いってるとか……？)

「ん、なによ全然食べてないじゃない。もっとジャンジャン食べないと。ホラ、アンタ肉冷めるよ？」

「あぁ、わかってるよ。……え、おかわり？　まだ食うの？　ハハハハ、まぁ好きにしてくれ」

(ゲオル、その、ご愁傷様)

財布は犠牲となった……。

食後のコーヒータイムでは、ゲオルは半ば燃え尽きたようになっていた。

しかし気を取り直し、ご機嫌なオルタリアから色々と聞き出してみることにする。

「こっちも自己紹介がまだだったな。俺はゲオル・リヒター。この街で『何でも屋っぽいの』をやってる」

「私はティアリカ。『キャバレー・ミランダ』という店で働いています」

「お〜、中々に興味深い仕事してるのね。特にお兄さん……いや、ゲオル」

彼女の視線がゲオルを射貫く。

ティアリカとはまた違った魅力を秘めた瞳に、ゲオルの顔が映った。

「アナタのそれって、要《よう》は便利屋でしょ？」

「まぁそうだな」

「ちょっと聞きたいんだけど……私を雇うってできない？」

「え!?」

「ハァ!?」

ふたり同時に素《す》っ頓狂《とんきょう》な声を上げてしまう中、オルタリアはカラカラと笑いながら話を続けた。

第三十四話　ジャガンナート教団のカチコミ

「そのまんまよ。なんか刺激が強そうな仕事だしさぁ」

「いや、あのな、便利屋っつったってあれだぞ？　仕事ないときはメチャクチャ暇だし、儲かるかっていうと……」

「あの、どうして……？　刺激が強そうっていうのはどういう？」

「私は色んな戦場を渡り歩いてきたけど、結局、私の心を満たしてくれる場所はなかった。でもこの街なら私を満たしてくれるかもって、足を運んだのよ。で、今日アナタたちに出会ったってわけ。ね～、助手として雇ってよぉ～」

「え、いや、ぇぇ⁉」

「ちょ、だからってなんでゲオルの！」

「ん～、運命ってやつを感じたから？　胸揉まれたし」

「ちょ！　待て待て待て！　確かにあれは悪かったけどよ！」

「アハハ～大丈夫。別に脅しで言ってんじゃないの。これから食べていくための就活よ就活。あ、住む場所も決めてないからさぁ～。住み込みってオッケー？」

「ダ、ダメに決まってるじゃないですか！　そ、そ、そんな格好をした女性とゲオルが同じ屋根の下でだなんて……」

「冗談よ冗談。……この人、反応可愛いね。彼女さん？」

「好きに解釈してくれ……。でもなぁ、悪いが雇うことはできない。ひとりでやってくので精一杯なんだ。もしもやるんなら自分で開業するか、ほかを当たるこった」

「なぁんだ……ま、そんな簡単に見つかるわけないわよねぇ」

肩を落としながら彼女はコーヒーをひとすすり。

安堵したゲオルとティアリカもつられてコーヒーを飲む。

「あの、じゃあ地道に働くというのは？　飲食店でもどこでも……」

「ハァァアア⁉　そんなのイヤ。つまらない。私は面白そうなことをして生きていたいの！　それこそ生き死にのかかったギリギリの一線を見極めながらね」

「根っからのバーサーカーかアンタ」

「お、バーサーカーいいね。バーサーカー・オルタリア。なぁんだ、こっちの異名のほうがカッコいいじゃない」

「言ってる場合かよ。……でも、そうだな。紹介だけならしてやるぜ」

「え、仕事？」

「あぁ、恐らくアンタにピッタリの職場だ。さ、勘定済ませようぜ。さらば俺の財布の中身、短い付き合いだったな」

三人は料理店を出たあと、別の店へと移動する。

『キャバレー・ミランダ』よりも規模は小さいが、それなりに儲かっているキャバレーへ。

これにオルタリアもムッとした。

「これ、どういうつもり？」

「まぁ来ればわかる。支配人に認められりゃ、アンタも『メンバー』に入れてもらえるだろうぜ」

「メンバー？　ガールとしてじゃなく？」

「ついさっきの流れでガール募集に紹介するかよ。ついてきな」

〝CLOSE〟の札がかかったドアを開け、中へ入る。

薄暗い空間の奥にあるカウンターで、筋骨隆々の屈強な男がゲオルたちに視線を向けてきた。

「よう支配人。景気はどうだい？」

ゲオルとわかるやこのキャバレーの支配人カザクリはパァッと顔を明るくし。

「あぁぁら！　ゲオルじゃなぁい！　久しぶりねぇ元気してた？　こないだの屋根裏修理と厨房の皿

洗いとか、ンもぉおおめっちゃ助かったわぁ！」

「そりゃなによりだ。人手不足で困ってるときは俺を呼びな」

「んふふふ、そうする。……んで、そちらのおふたりは？　両手に華ねぇ。この色男。でも残念。羽振りのいいとこ見せてカッコつけたいつもりなんでしょうけど、今日は休業日なの」

「いやいや、そうじゃねえ。今日はアンタに新しい人員を紹介をしにきたんだ。……『例のアレ』、人手不足だって言ってたろ？　あの青い髪のほうを入れてやってほしい。どうだ？」

「――――！　そのこと、あの娘に言ったの？」

「いんや。言ったほうが手っ取り早く済むんだろうが、まぁそれじゃアンタが納得しないだろうって思ってな。俺って気配り上手」

「なるほどね。腕はどうなの？」

「……彼女の名はオルタリア・グレートヒェン。『不死と鮮血の聖女』って名が通ってる」

その異名を聞いた瞬間、支配人の顔が静かな驚きで染まっていく。

「マジ？　そんな『上玉』寄越してくれちゃうわけ？」

「おぉ、気に入ってくれたみたいだな」

「アンタ、彼女が何者か知らないの？」

「いや、戦場を渡り歩いた凄腕の傭兵ってことぐらい、かな」

「……まー、便利屋ってレベルならその程度の情報だわね」

「へ？」

「いいわ。まずはこのキャバレーの用心棒として雇ってあげる。住み込み三食付き。どう？」

この提案にオルタリアは表情を明るくする。

「乗った！　……ここって治安悪そうだし、乱暴な客とかいたら任せて」

「ふふふ、威勢がいいわね。アタシはカザクリ。ここの支配人よ。じゃあ部屋に案内してあげるからついてきなさい」

「よかったな。アンタ、ラッキーガールだぜ」

「やっほう！　ありがとねゲオル～!!」

「うぉお!?」

ゲオルに思いっきりハグして頬にキスをした。

その光景にティアリカは口をあんぐり開けて固まってしまう。

「あ、今夜また三人でご飯食べましょうよ！　今度は奢れって言わないからさ」

「お、おう……ティアリカもそれでいいか？」

「は、は、はいッッッ！　えぇ是非とも。そうさせていただきますともッ!!」

そう言ってオルタリアとは反対方向に回りゲオルの腕に身体を寄せる。

「ちょ、お、おいったら！」

「あれれ～ゲオル照れてんの～？　ティアリカ嫉妬《しっと》させちゃって罪な男だねぇアハハ～」

「いや、あれはお前が……っていうか、ティアリカお前」

「し、してませんッッッッ!!　嫉妬なんて全然してませんッッ!!」

「うわぁあ！　耳元で叫ぶな！　てか、お前ら……色々当たってる……」

ワキャワキャする三人をカザクリは冷たい目で見ながら。

「やっぱ……めっちゃぶん殴りたい」

「いや見てないで止めろ!!」

◇◇◇

オルタリアとも別れ、ようやくふたりだけの時間を取り戻せたと思ったが、道中ティアリカが一切無口になった。

しかしピッタリと隣に並んで歩くので、威圧感がすごい。

(まったく、休日だってのに仕事するより疲れるじゃねぇか。……それにしても)

オルタリアのことが少し気になった。

カザクリ支配人が言っていた〝彼女が何者か〟という意味。

「……オルタリアさんのことを考えているのでしょう？」

「あぁ」

「……ッ！　や、やっぱり……」

「え、いや、おい違うぞ？　さっき支配人が言ってたろ！　彼女が何者か知らないのかって！」

「言ってましたけど、……本当にそれだけですか？」

疑いの眼差しで見つめてくるティアリカの瞳は少し潤んでいた。

「……誓って言う。俺はお前を泣かすようなことはしたくない。そして、しない」

「……」

（やっべ、すっげぇ睨まれてる……）

「わかりました。とりあえずは信じます」

「感謝する」

「それでなにが引っ掛かるんですか？　あと、話にあった『例のアレ』とは？」

「聞こえてたか……あ～、そうだな。ちょっと別の場所で話そう」

場所を変えるために足を運ぼうとしたとき、ゲオルとティアリカは嫌な気配を感じ、慣れた動きで建物の陰に身を隠した。

「おい、あれって……」

「えぇ……」

白を基調とした軽装甲服を身にまとった集団。

――ジャガンナート教団の行動隊だった。

第三十五話　ゲオルたちの代わりに

「行動隊のお出まし……とすりゃ目的はカチコミだな」

「報復、でしょうか？」

「それ以外にねぇだろ。ヘシアンがいつまで経っても帰ってこねぇから返り討ちに遭ったと思ったんだろ。恐らくまだエジリが生きてるって考えてるか、果ては……」

「私たちのことを捜しているか……」

「大それたことしやがるな。並の武装じゃねえ。連中も落ちるところまで落ちたってことだ」

「そんなことを言っている場合じゃありません。このままだと民間にも被害が出ます。それだけは避けないと」

「……ここは一旦退こう。アイツらだって初《しょ》っ端《ぱな》からドンパチやらかすつもりはないだろうからな」

ふたりは反対側の地区まで離れ、適当にカフェへと入っていく。

「因縁が付きまとうのは俺たちの宿命ってか」

「悠長なことを言っている場合ではありませんよ。行動隊をなんとかして追い出さなくては」

「追い出したって、このままじゃ連中はいくらでも兵隊を送り込んでくるだろうぜ。根こそぎぶっ飛ばせりゃいいんだが」

「それって……戦争という意味ですか？」

「できりゃあしたくはないがな。だがそこは国やら都市のお偉いさんの役目だ。それに、戦争するにしたってアイツらも金や人員をこれ以上ぶっこむわけにゃいかねえだろうし」

「それは、確かに……」

「噂によれば偽勇者一行が死んだあと、連中の地盤はかなりガタがきてるらしい。上層部が今の地位を保つのに必死で、下の連中まで神のご加護とやらが受けらんねぇんだと」

「……昔は、そんな教団ではなかったのに」

「俺たちが旅に出てたときには、もうすでに連中は変わっていたんだ。信仰より利益、信念より権力。まぁ兆候はあったんだろうが、誰も咎《とが》めなかったんだろ」

「どうして誰も止めなかったのでしょう。正しく教えを守ればそんなことには……」

「教えは守るよりなすりつけるほうが得って考える奴もいる。旨味欲しさにな。人間の哀しい性《さが》ってやつだよ。……改心させようだなんて考えるな？　会話が通じるとも考えるな。あそこまでいった人間はもう止まらねぇ。誰かにブチのめされるコンマ一秒前までそのまんまだ」

ゲオルは吐き捨てるように忠告したあと、すっかりぬるくなってしまったコーヒーを喉に通す。

「まだ時間はある。アイツらを監視して動きを見よう」

「そうですね。しょげている場合ではありません。私たちができることをやりましょう！」

「いい返事だ」

こうしてふたりで行動隊への監視が始まった。

◇◇◇

行動隊は建物を買い取り、そこを根城《ねじろ》にしているようだ。

「大がかりなことしちゃって」

「思った以上に集まってきているみたいです」

「物量作戦で手当たり次第に捜す気なんだろう。こりゃ俺たちにブチ当たるのも時間の問題だ」

「どうします？」

「いっそやっちゃえば？」

「まぁ待て。ここは様子見をだな……おい、今の声」

「はっは～い、私だよ。さっきぶり～」

「オルタリアさん!?　どうしてここに」

「カザクリがね、観光でもしておいでって。そしたら危ないニオイを嗅ぎつけちゃったってわけ」

「んで、俺たちを見つけたわけか」

「そそ、で、アイツらなんなの？」

オルタリアはべったりとゲオルの背中にくっついて、ジャガンナート教団の動きを見る。

建物の一階から三階までじっくりと観察し、思い付いたように指を鳴らした。

「ねぇ、この一件、私に預けてみない？」

「なに？」

「ど、どういう意味ですか？」

「見た感じアンタたちは因縁の相手に手が出せないでいる。そして私はドンパチやりたいって思ってる。利害一致してない？」

「利害一致してない？　……っておいアンタなぁ。これは」

「じゃあほかにいいアイデアがあるの？　こうして隠れてるってことは、穏便に済ませたいけど方法がない。それと衛兵に知られたくない」

「まぁ、知られてはいるんだろうが……手が出せないのはあっちも同じだ」

「でも時間をかけるのはよくない。私なら、アナタたちが手を下さずともサパッとやれる」

確かにまだ関わりの浅いオルタリアが行動隊を撃破すれば、連中もこの街の危険さを十分に理解することになるので、まだ攻め込むことはしてこないかもしれない。

しかも本人は血に飢えているらしく、欲情したように興奮しながら身体をくねらせている。

「本来は俺たちの案件だ。しかもそんじょそこらの荒事とは違う。……それでもやるのか？」

「そんなこと言われたら、興奮通り越してもう収まりつかないわよ」

「え、ゲオル。いいんですか？」

「本人がやりたいって言ってるし。それに、俺も実際見てみたい。オルタリア・グレートヒェンって女の実力をな」

「ずいぶん高く買ってくれてるじゃない。燃えてきた。ディナーの予約しといてねぇ」

そう言うやオルタリアは自慢の得物を背負って建物のほうへと歩いていく。

忍び寄ることもなく、正面から堂々とナンパをしかけていくように。

そう、彼女は異質なまでに平然としていた。

硬い靴底は軽やかな音色を立て、さりとて敵に向けられる殺意は重厚そのもの。

ガシャン、と音を立て武器を持つ。

『ヤクシニー』の名を冠した、自分の背丈ほどある巨大なハサミ。

凶悪なデザインからなる不気味なフォルムに沿うように、刀身と切っ先にかけて不気味な光を宿す。

「お、おいなんだ貴様……」

「ここをなんだと心得るか！　下品な女め……さっさと立ち去れ！」

「おい近づくな。近づくのなら容赦は……」

「イィィイヤッホォォオオオオオオオオ!!」

「な、ぐはっ！」

「なんだこ……ぐふぅ!!」

電光石火、瞬く間に見張りを蹴散らしてしまった。

「さぁ、上げていくわよ!!」

第三十六話　不死と鮮血の聖女

「……えぇい、これはどういうことだ！　なぜ侵入を許している。部下たちはなにをやっていた!!」

騒ぎに気づいた行動隊のリーダーが怒号をあげやってくる。

だがすぐに、全身から身の毛もよだつほどの恐怖を前方から感じた。

口笛と一緒に金属が鋭利に擦れ合う音が混ざって、不気味な雰囲気に拍車がかかる。今までに感じたことのない重圧が、女体の姿で目の前に現れた。

「なに？　まさか……もう上がってきたのか？　ここは五階だぞ。いくらなんでも制圧が早すぎるッ！」

「ハァイ。私の奇襲はどうだった？」

「き、奇襲だと？　貴様は……ッ!!」

「オルタリア・グレートヒェン。めっちゃ暴れたいからカチコミに来たわ」

「な、なんだと！　ぇぇい！　曲者《くせもの》だ、出会え！　出会えぇぇえぇい!!」

「アハッ、そんな台詞言う奴ホントにいるんだ。意外に古風なのねアナタ」

「うるさい！　……どうだこれだけの人数。いくら貴様とてタダでは済まんぞ！」

「ふぅん、そのわりにはずいぶん軟弱そうな奴らバッカリね。でも、んふふふふ」

「な、なにがおかしい……？」

「いや、ね、こんな風に囲まれたのって久しぶりだから……しかもタダでは済まないって……もうそれって最高のシチュエーションじゃない？」

「な、なんだと？」

リーダーを守る腕利きの護衛たちが剣を抜き、あとから来た部下たち数十人が槍やメイスを構える。

オルタリアを囲むようにしてジリジリと距離を詰めていくが、彼らの表情は緊張というよりも、得体の知れないものへの恐怖で張り詰めていた。

まるで男漁《あさ》りにでも来たかのような流し目で見渡し、オルタリアは自分の背丈ほどある巨大なハサミ『ヤクシニー』を勢いよくひと振り。

そしてハサミをふたつに分裂させると、大剣二刀流のように大仰に構えた。

あれだけの得物であれば、大の男が持っても完全に扱うことはおろか、振り回すことさえ手こずるだろう。

しかしオルタリアの表情や身体の動きからは、それらしい制約は見られない。

「ホントは半分義理人情もあったんだけど、もういい。ここからは私のオンステージで張り切らせてもらうわ。だからしっかり踊りなさいよ」

「なにをわけのわからんこと！　この血に飢えた魔女め！　者ども！　この女を殺せ！」

「ウォオオオオオオオオオ!!」

「男が束になってんだから……ガッカリさせないでよ!!」

さながら審判を下す冷酷な天使か、それとも艶美な悪魔か。

オルタリアの存在に、誰もが現実を疑う。

熾烈《しれつ》な集団攻撃の中でも彼女は笑っていた。

重い物を持っているとは思えないほどの俊足で敵を翻弄し、流れるような動作で命を刈り取っていく。

双剣による曲線的斬撃とハサミによる直線的斬撃の合わせ技。

間合いが離れた敵の群れには大剣をブーメランのように、超速回転させて投げることで斬り刻み、また手元に戻しては近接攻撃を繋いでいった。

「くそう、なんだ……なんなんだコイツはぁぁあああッ!!」

「アッハァア!!　もっとぉ……アツいの、ちょーだい!!」

「ヒィイッ!!」

「ほぉら逃げちゃダーメ！　イイ男なんだからもっと激しく動けるでしょ!?」

「や、や、やめ、がふぅうう!!」

「アハハハハハハハハハ!!　最高!!　すっごく気持ちいいわアナタたち!!」

「ひぃ！　く、来るなぁああ!!」

「ホォラ行くわよぉお！」

怯える部下たちの足元を潜るように両膝立ちで滑り込む。

その速度を利用した双剣による大回転斬りが、噴血の渦を作り上げ天井を染めていった。

嫋《たお》やかに立ち上がるや、ヤクシニーを天井スレスレまで投げ上げる。

全員がそれに気を取られている間に、今度は重さから解放されたような動きで、オルタリアの拳と蹴りの素早い連係技を繰り出した。

軽やかに見えてもその威力は、鎧を着こんだ者たちの肉体を抉るほどのもの。

フワリと花弁のように舞ったかと思えば、着地の際の両足の踏み込みは、崖から落下してきた岩の如く豪快にして強烈。

彼女の大きく横一閃に弧を描く裏拳が、兵士ふたりの顎を一気に弾き飛ばす。

相手の防御など知ったことかと鎧も武器も躊躇なく破壊していく様に、一撃必殺の体現を見た。

人間離れした剣技を繰り出す様は、まさにソードダンサー。

血飛沫と野太い断末魔が飛び交う中でも、彼女の美しさは変わらない。

「な、なんだ……なんなのだこの女は」

現場がただの血煙となっていくのを、恐怖の眼差しで見ることしかできない行動隊のリーダー。

オルタリアの動きとあの楽しそうな顔を見て、どこまでも自分は〝人間の枠の中の存在〟であると思い知らされる。

ふとリーダーが見上げると、天井スレスレへ投げたヤクシニーが落ちてきた。

それはまだ生き残っていた部下ふたりの頭上へと落下する。

まるで紙を丸めたように、彼らの身体は重さと鋭さでひしゃげてしまった。

幕引きとしては呆気ないが、リーダーをさらに恐怖に陥れるには十分だったようだ。

「フゥ〜、これだけの男の相手なんて久しぶりだから、ちょっと張り切りすぎちゃったかな。さ、次はアンタね」

「ま、待てオルタリアとやら！　素晴らしい、素晴らしい腕だ！　貴様……いや、お主の腕なら我が教団の精鋭部隊の隊長としてふさわしいものがある。……どうだ？　報酬は思いのままぞ。なんなら今ここで金塊をくれてやってもいい。どうせフリーだろう？　だったら我がジャガンナート教団でその腕を振るい世界を平和へと……」

「は〜……まぁ命乞いはこの際いいとして、スカウトはやめてよね。せっかくのムードが台無しじゃない」

ヤクシニーを再びひとつに。

ジャキン、ジャキンと双剣を景気よく擦り合わせて近づく。

果物のヘタを切るように、その首を挟んで斬ればもう終わり。

だが、オルタリアは足を止めて背後の気配を感じとる。

その表情に不愉快さはない。

むしろまた敵が現れてきてくれたことに感謝を抱かずにはいられないのだ。

しかも今度は散らばる骸《むくろ》とは比べ物にならないくらいの強者の圧の持ち主。

オルタリアは余裕の佇まいで、視線を背後に向けた。

「あらあらイケない人。上玉を隠し持ってただなんて。もっと早く言いなさいよ。そしたらすぐにでも駆けつけてあげたのに。でもいいわ。準備運動にはちょうどよかったから」

「クッフッフッフッフッフッフッフッ、雑魚《ザコ》ばっかりじゃ歯ごたえがないだろうと思ってねえ。オイラが出てきてあげたんだ。オイラもお前に興味津々だからねぇ」

行動隊における切り札にして最強の戦力。

その身に宿す闘気の質はほかとは一線を画している。

ゲオルとティアリカがその様子を魔術で見守る中、激闘が始まろうとしていた。

第三十七話　獣法《アギト》

「オイラ、可愛い道化のミルディンさ。この世で最高のエンターテイナー」

「ふぅん。それ商売道具？　でっかいナタ。大きさだけならお揃いね私たち」

「あぁ本当だね。……だが、力はどうかな？」

「力比べは大好きよ」

「オイラもさウヒヒ。さぁ行くぞ!!　ひぃいいぃあぁぁあああッ!!」

「はぁぁあああッ!!」

現れたのは奇妙な道化師だった。

オルタリアは恍惚なる瞳に艶やかな殺意を宿し、先ほどまでの敵とは桁違いの実力を持った彼と剣を交えた。

戦闘及び解体に特化した巨大な武器を操るふたりの間に、強大な闘気の渦が巻き起こった。

血溜まりは震え、骸の骨はパキパキと音を奏でる。

その異常な気の流れにあおられたリーダーは、その場にて腰を抜かした。

「豪快だが不思議な太刀筋をするな」

「刺激的でしょ？　このほうが男が喜ぶのよ」

「ウヒヒヒヒ。オイラも大好き、さッ!!」

「なんのぉ!!」

「そらそらそらそらあああああ!!」

（お、お、おぉお。あの女と互角に渡り合っておる。……か、勝てるかもしれんぞ！　そうだ私だって、こんなこともあろうかと豪傑《ごうけつ》を召し抱えていたんじゃあないか！　いいぞ、そのまま斬り殺せ!!)


迫るミルディンのナタの刃を挟んで受け止めると、豪快に火花が飛び散る。

オルタリアはミルディンの背後に素早く回り込み、踊り子のように軽やかに身を捻ると、一気にヤクシニーを分裂させて斬りかかった。

その重みに耐えるようにミルディンはナタを盾にしながら身を返し、オルタリアの攻撃をいなしていく。

オルタリアは彼の膂力を口笛を吹いて称賛しながら、軽い身のこなしからなる素早くも重い一撃を繰り出していった。

パワーではミルディンが上で技能においてはオルタリアが上。

「隙あり。もらったぁあああ!!」

「あっ!」

「やった! あの女の脇を抉ったぞ! いいぞそのままやれ! 殺せ! いいかミルディン。ここでソイツの首を取れば出世は思いのままだ!」

「クヒヒヒ、言われるまでもない、ねぇえ!!」

「く……」

「どうしたんだい? 動きが鈍っているよぉ? さぁこれで、終わりだぁ!!」

ザシュウウウウウウウゥッッッ!!

「か、ふ……」

オルタリアの攻撃を見切ったミルディンが、彼女の首筋に素早く一撃を入れる。

そして武器を落とした瞬間を見計らい、勢いそのままにナタで胸を斬り裂いた。

まさしく致命的な一撃。

オルタリアは両膝をついてうなだれるように脱力した。

「お、おぉ！　見事じゃミルディン！　ハッハッハッ！　まさか、貴様にこのような力があったとは」

「クフフフ、まぁだだよ、リーダー様。あの女、まだやる気……クフフフ」

「当ったり前よ……。この程度で、くたばるわけないじゃない」

「いーっひっひっひっ！　大ウソつき～。今のお前にそのデカブツを振り回せるほどの力がある、と――――」


――――ジョキン。


「ん、なんだこの音は？」

「んぐ？　……ぎぃ？」

ジョキン、ジョキン、ジョキン……。

「な、なんだこの痛み、うぐ、ぎ、ぎぃいいい⁉」

「お、おいミルディン……どうしたオイ！　しっかりしろ‼」

「ぎぃぃいあああああああああああッ⁉」

断末魔を上げて身体を掻きむしり始めるミルディンに、リーダーはなにが起きたかわからずオドオドし始める。

「い、痛い……ッ！　痛い痛い痛い痛いぃぃいいいいいいいいいい‼」

「ひ、ひぃいいいいいいい‼　奴の身体から、ち、血がぁああ！」

ミルディンの身体のあらゆる部位から血が噴き出し、そこから稚魚の群れのように出てきたのは大量の、〝真っ赤なハサミ〟だった。

血でできたそれはミルディンの身体を食い破る。

腕から、腹から、足から、背中からと、異様な金属音とともに肉体を斬り裂いて地面へと落ちていく。

体外へ出たハサミは役目を終えたのか、元の血液へと戻り、血だまりになっていった。

「な、なんだこれはぁぁああッ⁉　なぜ、オイラの血が……ッ！」

「ま、まさか魔術か⁉　それとも呪いか⁉」

「どちらでもない……これが私の能力。いいえ、獣法《アギト》と言ったほうがわかりやすいかしらね」

「あ、アギ……」

「特異、体質者……だと⁉」

「私は血を操れる……火の獣法《アギト》。私を殺した者は、その血を以て償うこと……それじゃ、数秒後まで……ごきげん、よ、う……」

オルタリアがドシャリと倒れた直後、ミルディンを襲ったのはハサミよりももっと大きなものだった。

今にも弾き出そうに、それはミルディンの腹の中で蠢いている。

ボコボコと波打ち、火のように身体中が熱い。

「あぐッ！　あぐぉおおッ!!　なんだ、どうなっている!?　ぐぉぁあああッ!!」

「ひぃいいいッ！　こ、今度はなんだというのだ!!　もう終わったのではなかったのか!?」

「ぎぃぃいいいあああッ!!　……――ゴバァッ!!」

ミルディンの腹が急激に盛り上がり、一本の腕が内側から突き破って出てきた。

血と臓腑を噴き出しながら出てきた存在に、リーダーは形容しがたい悪寒に襲われる。

グチャアアアアアアッッッ!!

「ひ、ひぃいいいいいい!?」

「ハァ～イ、リーダー様。さっきぶりね。私が死んだって思って嬉しかったでしょ？」

ミルディンの腹から出てきたのは、血に濡れながらも快活な姿を見せるオルタリアだった。

これが彼女の持つ不死の能力、『火の獣法《アギト》』である。

血とは生命の熱。

体内を円環するエネルギーにして、魂を形づくる因子の通称。

彼女はそれを操る術を持っていた。

術者であるオルタリアを傷つけた敵は、自らの血を以てその罪を償う。

仮に彼女を仕留めたとしても、彼女の死体もしくは殺した敵の血肉を媒体に再誕させるのだ。

まさしく殺しても死なない不死身とはこのこと。

心臓を抉られようと、身体を細切《こま》れにされようと、彼女は何度でも復活する。

オルタリアの格好は、相手に精神的な刺激を与えることにも役立ってはいるが、それ以上に能力を活かすことにも一役買っている。

極限まで防御力を落とすことで、獣法《アギト》が発動しやすくなる。

そしてなにより、彼女にとって最高のスリルが得られるのだ。

もぎ取った勝利だけではなく、時としてそれは、痛みや死からも感じ取れる。

戦うたびに、自らの血も滾るのだ。

その勢いは留まるところを知らない。

そして今、ミルディンに向けられていた眼光と歪んだ口角は、リーダーへと向けられる。

「ま、待て……待ってくれ！」

「なによバースデーケーキでも焼いてくれるの？　ダメ、待てない」

そう言うと足元のハサミを蹴り上げるようにして手に取り、リーダーににじり寄る。

恐怖で自由が利かなくなったリーダーは、声を張り上げながら命乞いを続けようとするが、すぐ口の中に切っ先を入れられた。

「はがッ……が……」

「じゃあ、ふたつだけお願い聞いて？」

「……ッ！」

リーダーはこれが最後の希望と言わんばかりに、口内を斬らぬよう頷いた。

「……オフロどこ？　血でべっとりだから洗いたいの。あ〜あ、こんなことなら自分の死体から出てくればよかったわ、もう」

リーダーは風呂場のあるほうを指差した。

詳しく聞くと、下の階のわりとすぐ近くにあることがわかった。

「はいありがとね。じゃあ最後のお願い」

「は……はは……」

「アンタの首ちょうだい」

「へ？　……――ぐばッ!!」

直後、リーダーの首なし胴が、力なく倒れる。

驚愕の表情をしたリーダーの頭部は、廊下の突き当たりまで勢いよく転がっていった。

オルタリアは任務を終えた。

その瞬間、自分の死体は突如火を噴いて燃え始める。

能力によって、一定時間放置するとそうなるようになっているのだ。

灰、そして塵芥となったのを見届けると、オルタリアは軽快に口笛を吹きながらリーダーの首とヤクシニーを手に取り、浴場へと降りて行った。

「なんて女だ……」

「獣法《アギト》……」

「どうしたティアリカ。アイツの力がそんなに気になるか？　そういや、数千人にひとりの割合のもんって聞いたことがあるな。……旅で敵として出会わなかったのが奇跡だったのかもな」

「そう、なのかもしれなせんね」

「ハハハ、驚きを隠せないって感じだなぁ。まぁ俺もそうだ」

オルタリアの実力を知ったことで満足したゲオルは、彼女を連れてその場を去った。

第三十八話　おつかれさまのディナーで

その日の夜、昼に寄った料理店でオルタリアと合流する。

約束のディナーの席に彼女はウキウキで訪れた。

「お疲れさん。助かったぜ。いい腕だった」

「獣法《アギト》持ちは初めてだったかしら？　そうそう見られるもんじゃないわよ？」

獣法持《アギト》ち。

そう言われる者は世界各地を見ても数千人にひとりの割合しかおらず、魔術とは違う系譜の異能の持ち主のことを言うらしい。

程度にもよるが、魔術視点から見てかなり奇怪な力を持ち、なによりそのほとんどがある種の、そして不完全な『不死』であるという。

オルタリアのあの力を見ても、それは明らかだった。

「でしょうね。でも、この街なら案外そういった巡り合わせはあるのかもしれませんね」

「ん？」

「だって私もこの街で働いていたときにゲオルと出会ったんです。それから色んな事件を解決していって、知り得ないことをいっぱい知りました」

「くふふ、やっぱりこの街ってそうとうヤバいわね。十分イカれてるわ。さすがは『ヘヴンズ・ドア』。戦場とは違う刺激満載ね」

「血湧き肉躍るのも結構だが、紹介したキャバレーの仕事はしっかりしとけよ。あそこの、裏の仕事は、用心棒の比じゃない」

「わかってるわ。いいとこ紹介してくれてありがと。ふふふ」

「あの、裏の仕事……とは？」

「退治屋だよ。怪異や神秘専門のな」

「退治屋？」

「ダンサー・イン・ザ・レインのことは覚えてるだろ？　ああいうのを専門にドカドカ引き受ける仕事だよ。これ、ほかには言うなよ？」

「言いませんけど……。この街にそういうのがあっただなんて」

「国のエリートってのはほかの仕事に人数割いてて人手不足ってやつなの。だから民間でやってるわけ。……でも結構違反スレスレみたいよ、こういうの」

コロコロ表情を変えながら「秘密」と愛らしく微笑み、オルタリアは次々と運ばれてくる料理に目を輝かせる。

「ま、仕事の話はもう抜きにしようぜ。ここからは花のプライベートタイムだ。美味いメシと美味い酒にひたる」

「そうね。血なまぐさいことしたあとのドカ食いとがぶ飲みって大好き」

「好戦的と言いますか、猟奇的と言いますか……」

「あら、私にとってはどっちも褒め言葉よ？　ホラ乾杯しましょ！」

その後、オルタリアはでっかいジョッキになみなみと入った酒を豪快に飲み始める。

瞬く間に中身を飲み干した姿にゲオルもティアリカも目を丸くした。

「あの身体のどこにあれだけの量が入るんでしょうか……」

「……そりゃあお前、あそこじゃないか？」

「今胸って言おうとしました？　え？」

「そんな凄むなって！　別に言おうとなんて……」

「じゃあどこですか？　言ってごらんなさいな」

「おいおい」

「アッハッハッハッ！　なになに喧嘩？　んふ～、ごめんなさいねぇ。私ってば胸も顔も超イイから」

「自分で言いますか……」

「あら、自分で自分のことを美しいと思っちゃダメ？」

「わざわざ口に出す奴も珍しいってことだよ」

「あら、皆シャイなのね」

「嫌味にとられますよ？」

「謙遜とかおくゆかしさって文化、私には合わないのよ」

　また運ばれてきたジョッキを上機嫌にゴクゴクと飲み干していく。

「美しさは自分から発信して更新していくもの。他人と足並み揃えて卑屈に見せるなんて論外よ」

「強者の理論だな。色々とやっかみが増えそうな発言だぜ、それ」

「ま、私ってば生まれつき見た目もいいからね。男は口笛吹くわ、女は舌打ちするわ。日常茶飯事だったわねあのころは」

「さ、さらに嫌味……」

「じゃあアナタは自分のこと美しいって思ってないの？」

「え、いや、それは……」

「はい他人に遠慮する～超卑屈。ホントにバニーガールなのアナタ？」

「ち、違います！　いきなりそんなこと聞かれたって困るっていうか」

「顔も身体も整ってるのにそれを誇りにすらしないなんて、それこそ〝やっかんでください〟って言ってるようなもんよ。堂々としなさいな。それでもアナタをやっかむ奴がいたら言いなさい。ぶちのめしてあげるから」

「い、いいえ、結構です」

「ホントに？　私はね、自分が美しいと感じているものが損なわれるのは許せない主義なのよ。たとえそれがグロテスクだったり未熟だったり、時代に合ってなかったとしてもね」

「……それはアナタ流の慈愛ですか？」

「慈愛。そうね。でも慈愛じゃあ生温《なまぬる》いから、熱愛って言ってくれない？　好きなものはとことん愛す。命を燃やし尽くしてでもね」

彼女の印象はまさしく獰猛なる美の悪魔。

自分の欲に忠実であり、綺麗ごととは無縁な天衣無縫の性。

(良く言えば自信家、だが本質は孤高か。出る杭は打たれる。鳥も鳴かずば撃たれまい。色々と警告めいた言葉はあるが、この女にとっちゃそれすら享楽《きょうらく》のひとつってか。はねっかえりの一匹狼)

「ねぇゲオルはどう？」

「あん？　なにがだ」

「なにって、美しさのことよ」

「さぁ、俺に女の美しさのなんやらは……」

「違うわよ。アナタは自分を美しいと思うかって話」

「え、俺も⁉」

「当たり前。男には男の、女には女の肉体美ってのがあるわ。アナタ、見たところかなり鍛えてそうだしそれなりに……」

「いやいやいや！　俺はいいって！　そういうのワケわかんねぇんだよ！」

「なによノリ悪いわねぇ～。他人の美しさばっか褒めてりゃいいなんて人生大損よ⁉」

「そんなに？　あのな、俺にそんな美学だの美意識だのあるわけねえだろ。だが、そうだなぁ。あえて言うのなら、クールガイ、ナイスガイってのが俺に当てはまるんじゃねぇかなってハハハ」

「アナタがクールガイ？　ありえませんね」

「仕事はいつもスマートに済ませてるだろ。ほら、クールガイ」

「なんででしょう。アナタが言うと安っぽく聞こえてしまいますね」

「あーあ、言うんじゃなかったぜ」

「アハハハハ、そうクヨクヨしないの」

「してねぇよ」

「大丈夫？　また胸揉む？」

「やめろぉぉお！」

そのときティアリカと目が合うと、彼女はさっと自分の胸を守るように腕を交差させた。

「あ、あのなぁ～～～」

「はいはい、ここまでにしましょ。さぁいっぱい食べていっぱい飲も！」

「へ、そうだな。こういうときは食うに限るッ！」

「はぁ、調子いいんですから」

だが自然と笑みがこぼれるのは、彼女の魅力あってのものかもしれない。

火を司《つかさど》る特異体質のオルタリアは、ティアリカとは違った明るさを持つ。

それが意外に心地よかった。

他愛のない会話が弾み、ティアリカもクスクスと自発的に笑みをこぼしていく。

「あー、おなかいっぱい」

「アンタめっちゃ食ったな……おい、俺の奢りとか言わねぇよな？　言っておくが俺にそんな甲斐性を求めるのは筋違いだぜ？」

「わかってるわよ。そうビクビクしなくたって～」

「してねぇよ」

「ほらふたりとも。早く会計を済ませてしまいましょう」

「あいよ。……うわ、オルタリアめっちゃ食ったな……」

「この店好きだわ。あ、もしもここ以上に美味しいとこ見つけたら紹介してね」

「ハァ、まったく……」

会計を済ませ、オルタリアと別れる。

帰り道、ティアリカは微笑みながらもどこかいじわるそうに。

「今日のゲオルは特段にスケベでしたね」

「あ、あのなぁ」

「だって私の胸まで見たでしょ？」

「いや、あれは不可抗力……っていうのかその」

「ふふふ、お互い調子を狂わされたという感じでしたね」

「オルタリアにな。やれやれ、ああいうのがしょっちゅう来るんだろうなこの街は。どうりで騒がしいわけだ」

「賑やかで私は嫌いじゃないですけどね」

「それはもっともだな。うし、明日からまた仕事だ。俺は用心棒」

「私はバニーガール」

「じゃあな。また明日」

「はい、おやすみなさい」

寄り道はそこそこに、ふたりは自宅へと帰り、床に就く。

まだまだトラブル多からんとも、またいつものように立ち向かえると信じて。

《了》

あとがき

初めましての方は初めまして！

文倉文度と申します。

この度は本作を手にとっていただき、誠にありがとうございます。

第4回一二三書房ｗｅｂ小説大賞にて書籍化のお話があり、ここまでたどり着けました！

編集者様並びにイラストレーターの三ツ川ミツ先生をはじめとして数々のお力添えもあり、物語もキャラクターもカッコよく魅力的に仕上がっております。

今回の物語を『小説家になろう』様で書いたのは書籍化が決定する大体2年前のこと。

投稿すれど、鳴かず飛ばずを体現したようにブックマークも評価もまばら。

次話投稿すればＰＶ数二桁いけばまぁいい方という、少なくともランキング的に見て人気であるとは言い難い一品でございました。

しかしこうして機会に恵まれたのは、応援してくださった読者様や出版社様のご尽力あってこそ。

感謝の念で胸がいっぱいです。


さて、挿絵のほうは見ていただけましたでしょうか？

それぞれのキャラクターが魅力にあふれており、躍動感あるシーンがたっぷりです。

特にヒロインであるティアリカのバニーガール姿での戦闘シーンは必見です。

キリッとした表情に衣装の美しさも合わさっており、目を奪われること必須でしょう。

さらにローアングルで見るティアリカは素晴らしいことこの上ない出来です。

そして主人公のゲオル・リヒターも、かーなーりナイスガイに描いてくださいました。

想像以上にイイ男なビジュアルで、キャラ案を見たときは実はティアリカ以上に「おお！」となったほど。

こんなナイスガイがカンフーしたり銃撃ったり大鎌を振るったりするのかと、想像するだけでも胸が躍ったものです。


ティアリカとの出会いから、新たな仲間オルタリアとの出会いまでを描いた本作。

ゲオルは「のんびり暮らすか～」のノリで来た、いわゆる行き当たりばったりな動機だったわけですが、かつての仲間でありヒロインである元聖女のティアリカと出会うことで、魔王討伐の英雄だった彼の物語が再び息を吹き返します。

大都会の名である『ヘヴンズ・ドア』、直訳で『天国への扉』。

しかし彼らにもたらされるのは試練の連続であるという皮肉。

そんな状況下でも特徴的なニヒルな笑みをたたえながら、仕事でもカッコよく立ち振る舞い、ゲオル・リヒターはティアリカと日々を過ごしていくストーリーとなります。


今作の舞台ですが、剣と魔法のファンタジーというイメージから、かなり近代化が進んだ時代となっております。

魔王を倒したのも第一話からたった3年前とつい最近。

たった3年と思いますが、色んな人の状況が変わるにはあまりにも十分すぎる時間です。

思想が変わり、価値観が変わり、なにを大事にしてなにを捨てるか。そしてなにを失うか。

当たり前のような時代の流れも、ちっぽけな人間にとっては濁流も同然。

雨後の筍のように様々な敵対者が現れ、街を侵食しようとする中、ゲオルとティアリカや周囲の人々はなにを思い、どのように暮らしているのか。

そう言った内面的なものをニヒルな笑みをこぼしながら眺める彼の背中を、作者としても追っていければと日々ネタを盛り込んでおります。


冷めているようで義理人情に厚い。

どんな強敵と出会っても、どんなピンチに見舞われても軽口叩きながら立ち向かい、チャンスを逃さない。

それはどこか懐かしい、強くかっこいい大人像、……なのかもしれません。

文倉文度

SEEKERS
DUNGEON
SEEKERS
DUNGEON SEEKERS
PRESENTED BY NANASHINO KOSEI
ILLUSTRATION BY FUYUNO YUKI
VOLUME ONE
七篠康晴
冬野ユウキ
～スマホアプリからはじまる
現代ダンジョン制圧録～
ダンジョンシーカーズ
DUNGEON SEEKERS
VOLUME ONE
1～3巻発売中！
DUNGEON
SEEKERS
PUBLISHED BY HIFUMISHOBO
©Kosei Nanashino

転生幼女はあきらめない
-Reincarnation's little girl never gives up-
カヤ
イラスト 藻
1〜10巻発売中！
©Kaya

©Rindou Yukimiya
1巻発売中!
死姫と呼ばれた魔法使いと辺境の最強剣士
雪野宮竜胆 ill. 布施龍太

ナナシの器用貧乏
Highball
高球
イラスト
KeG
1巻発売中！
Nameless Dexterity
©highball

元英雄は大都会最強の便利屋さん 1
～元聖女のバニーガールとともにあらゆるトラブル解決いたします～

発行
2025年1月15日　初版発行

著者
支倉文度

発行人
山崎　篤

発行・発売
株式会社一二三書房
〒101-0003　東京都千代田区一ツ橋 2-4-3 光文恒産ビル
03-3265-1881

印刷
中央精版印刷株式会社

作品の感想、ファンレターをお待ちしております。
〒101-0003　東京都千代田区一ツ橋 2-4-3 光文恒産ビル
株式会社一二三書房
支倉文度 先生／三ツ川ミツ 先生

Printed in Japan, ISBN 978-4-8242-0342-7 C0093
※本書は小説投稿サイト「小説家になろう」（https://syosetu.com/）に
掲載された作品を加筆修正し書籍化したものです。